特攻 最後の証言

100歳・98歳の兄弟が語る

岩井忠正／岩井忠熊
TADAMASA IWAI / TADAKUMA IWAI

河出書房新社

はじめに……どんな時代でもハッキリ意見が言える人間に

私は、1943（昭和18）年の秋、慶応大学の学生のときに「学徒出陣」で海軍に入隊させられました。曲がりなりにも高等教育を受けて、いささか「人権」のようなものの自覚が芽生《めば》えかかっている頃です。

そして、あの戦争は日本の侵略戦争だと信じ、日本は必ず負けるとさえ既に確信していました。

そんな私が、敵の潜水艦を攻撃する訓練をする対潜学校に配属されましたが、叩き込まれる海軍魂だの愚もつかぬ精神論の教育に嫌気《いやけ》がさし、逃れたい一心で志願を募《つの》っていた特別な部隊の募集に応じてしまったのです。

そこで配属されることとなったのが自殺兵器である特攻隊「回天隊《かいてんたい》」です。死ぬことは避《さ》けられないのは知りつつ、「天皇のために死ぬのではないぞ」との思いも秘《ひ》めながらです。

戦後、当時を振り返って悔《く》やむことは、「どうせ死ぬことを覚悟《かくご》しているのだから、なぜあの戦争に反対しなかったのか」ということです。同じ思いを共有していた仲間は少なからずいたはずです。にもかかわらず組織立った反抗もせず、あえて沈黙を通し続けてしまったのです。

戦争に反対しても、天皇制に疑問を呈《てい》するだけでも、治安維持法で捕まってしまうだけという当時の風潮に無意識に加担してしまったのです。沈黙は中立ではない。風潮に迎合することで戦争推進者となっていたわけです。

これは、私にとっての「戦争責任」だと思うのです。「この私の犯《おか》した過《あやま》ちを、2度と繰り返してはいけないよ」というのが今の若者にどうしても伝えたいことなのです。

現在、わが国の民主主義は、改憲論に固執《こしつ》する安倍政権にとってさえ、冒《おか》すべからざる社会的公理となっています。

生活を守る闘いの最強の「武器」である民主主義を、現代の日本国民はあの戦争を経験して、既に勝ち取っているのです。

自らの力に目覚めた日本国民は、改憲論者の悪しき企《たくら》みを許すことはないと私は信じてやみません。

元特攻隊回天《かいてん》搭乗員・伏龍《ふくりゅう》隊員　元海軍少尉　岩井忠正（100歳）

最後の証言・目次

甘く見た「新型コロナウイルス」

忠正／兄　世界は今、新型コロナウイルスで大混乱しているが、フランスのノーベル文学賞作家であるアルベルト・カミュ（1913〜1960）が書いた『ペスト』が日本でバカ売れしているそうだね。この本は感染症をテーマにした本だが、わが国でも感染症を取り上げた古典は何冊もある。

たとえば、江戸時代後期の戯作者《げさくしゃ》である式亭三馬《しきていさんば》（1776〜1822）の『麻疹戯言《ましんぎげん》』などには、私たちが現在遭遇している問題がそっくり取り上げられていて、江戸時代の人たちが感染症とどうつきあい、それをどう克服していったか、などが書かれていて、こうした古典からも学ぶことは大いにある。

忠熊／弟　人類の歴史は、感染症との闘いの歴史とも言えますね。よくテレビや新聞等で語られる「パンデミック」は「感染爆発」と訳されます。語源はギリシャ語の「パンデミア」で、「パン」は「全て」、「デミア」は「人々」という意味です。人類の歴史は、この「パンデミック」との闘いです。

14世紀には「ペスト」が大流行し、欧州の人口の３分の１（５千万人）を失ったと言われています。感染者の皮膚が内出血によって紫黒色《しこくしょく》になることから「黒死病《こくしびょう》」とも呼ばれていますね。

第一次世界大戦中の１９１８年から１９１９年にかけて猛威《もうい》を振るったインフルエンザの「スペインかぜ」では死者が４千万人とも言われています。

日本では、新劇運動の先駆けとして知られる島村抱月《しまむらほうげつ》（１８７１〜１９１８）が１９１８（大正７）年11月５日、この「スペインかぜ」で亡くなっています。47歳でした。その２か月後の月命日《つきめいにち》には、島村の弟子で恋人であり、大正時代の大スターだった松井須磨子《まついすまこ》（１８８６〜１９１９）が自ら命を絶っています。32歳という若さでした。

１９６８年に発生した「香港かぜ」でも約４００万人が亡くなっています。

19世紀から20世紀にかけては７回も「コレラ」が大流行しました。

日本では、７３５年から７３７年にかけて大流行した奈良時代の「天然《てんねん》痘《とう》」が有名ですね。一説によれば、当時の日本の総人口の25〜35％にあたる１００万〜１５０万人が感染により死亡したとされています。

兄　「香港かぜ」は香港が発生源らしいが、「スペインかぜ」はスペインが発生源ということではないらしいね。

今度の新型コロナウイルスについて、アメリカのトランプ大統領は当初軽く考えていたため対応が大幅に遅れて現在、世界で1番の被害国になってしまった。そのため自慢の経済も大幅に落ち込んで、11月の大統領選挙を前に国民の支持率も下降気味だ。

そこで、トランプ大統領が国民の目をそらすため、新型コロナウイルスを「チャイナ・ウイルス」と発言したり、「感染症は米軍が武漢に持ち込んだ可能性がある」などと中国が反発したり、と発生源を巡って、アメリカと中国の非難合戦が激しいね。

このようなときこそ、両国のリーダーはケンカなどアホなことをしないで「どうしたら1日も早く感染拡大を防げるか」お互いに知恵を出し合って、協力し合わなければならない。

日本と韓国の間でも、冷え切った両国の関係改善の糸口にするためにも「どうしたら協力し合えるか」よく話し合ったらいい。『災い転じて福となす』という教えがあるではないか。

世界中の人々が「いつ、どこで、自分も感染して死ぬかもしれない」と感染症の脅威《きょうい》に怯《おび》えている。こういう時こそ、世界が1つとなって連携し力を合わせて、感染症を克服しなければならない。

弟　トランプ大統領に限らず、全世界のほとんどの人が「まさか、こんな事態になるとは？」と今頃になって驚いているのではないでしょうか。

今度の新型コロナウイルスとの闘いを主要国のリーダーたちは「戦争」と呼んでいます。今後ますます増えるであろう死亡者数や、経済的打撃も世界大戦並みの深刻さを増していますからね。

今度の新型コロナウイルスは、まさに「100年に1度のパンデミック」の様相となりつつあります。

非常時における日本人

兄 そうだね。私は100歳、熊《くま》（弟）も98歳とお互いに寿命《じゅみょう》は近いが、まさか、こんな急に「死と隣り合わせ」の生活を送ることになろうとは思ってもいなかったよ。『ピンチはチャンス』ではないが、今回のコロナをキッカケに、もっと住み良い世界になったらいいね。

ところで、日本人は、国から「緊急事態宣言」が出されると見事に守るね。飲食店やイベント会社などは営業を休んだり、一般企業は在宅勤務や出社を大幅に減らしたり、働いていない人たちも不要不急の外出を控えるなどして、これまでの推移を見ると、諸外国に比べ、日本は感染が低く抑えられているようだ。

弟 しかも、日本は国からの「命令」ではなく「要請」でしかないのに、国民の8割近い人たちが受け入れています。「厳しい規制があるわけでもないのに、日本はなんで感染者が少ないんだ！」と各国から不思議がられているようですが、こんな国はほかにありません。日本の政治家は、国民が言うことを聞いてくれるのでやりやすいですよ。

兄　まあ、日本の国民性だろうな。２０１１（平成23）年3月11日に発生した「東日本大震災」でも、日本人が取った行動が各国から称賛されたように、日本人には「利他《りた》の精神」がある。「他人を先に、自分をあとに」の精神がある。ただ、問題は、「自粛規制《じしゅくきせい》」が今後も長引き、それに対する「補償《ほしょう》」が伴わなかった場合、日本国民がどう動くかだね。

熊も言ったように、日本国民はお上《かみ》の言うことに素直に従う特性があるが、やはり国民も「言うべきことはハッキリ言う」ことが大事だ。戦時中のことを持ち出して読者を不安に陥《おとしい》れるつもりは毛頭《もうとう》ないが、緊急事態条項を作るための「憲法改正」を主張する声も上がってきている。今は「憲法改正」など持ち出すときではない。「どうしたら国民の命と生活を守れるか」だけを政治家1人ひとりが命がけで考えなければならない。

私も熊も戦争を体験して「お上の言うことを鵜呑《うの》みにする」怖《こわ》さを味わっているので、こうした1つひとつが「アリの一穴《いっけつ》」とならないよう警戒しなければならない。

弟　「緊急事態」ということで、どさくさに紛《まぎ》れて「憲法改正」が行なわれ、私たちの自由が奪《うば》われるようなことになったら取り返しがつかなくなります。まさに「アリの一穴」ですね。どんな堅固《けんご》な堤《つつみ》でもアリが開《あ》けた小さな穴《あな》が原因で崩落《ほうらく》してしまいます。

そのためにも、今こそ世界中のみんなが「地球は1つ」という認識をもち、世界の英知を集結して、新型コロナウイルスをキッカケに、新しい社会の創造へと一歩踏み出して、これまでよりもっと素晴《すば》らしい世界が待っていることを信じたいですね。

「大杉事件」の首謀者が訪ねてきた

兄　世界は新型コロナウイルスで恐怖に怯《おび》えているが、このようなとき、リーダーの判断でその国の明暗が分かれることもある。その最たるものが戦争だ。私は戦時中、自殺兵器と呼ばれた特攻兵器の「回天《かいてん》」と「伏龍《ふくりゅう》」の2つに所属した稀有《けう》な経験をしている。熊も特攻兵器「震洋《しんよう》」に所属したという兄弟揃《そろ》って特攻隊に所属していた。

しかし、私たち兄弟は今日まで生きながらえて、私は5月で100歳になった。熊も8月で98歳だ。よく2人とも、ここまで長生きしたもんだ。

だが、今回の新型コロナウイルスのように、『天災は忘れた頃にやってくる』ではないが、日本が今後再び戦争に巻き込まれないためにも、私たち兄弟が体験して、どうしてもみなさんに伝えておきたいことを語り合いたいと思う。

弟 そうですね。私たちが少しでも元気なうちに、記憶がはっきりしているうちに、若い人たちに残しておきたいですね。

兄 私たちは10人のきょうだいで、私が9番目、熊が末っ子の10番目。父親の勘六《かんろく》は陸軍の少将で祖父も軍人という家庭で育った。

私たちは、幼少の頃、中国の大連《だいれん》（近代的な港湾都市）で過ごしていた。その頃、私が大きな影響を受けたのは、2番目の兄嫁・勝子《かつこ》姉さんだった。

勝子姉さんは、私たち兄弟をとても可愛《かわい》がってくれた。学生結婚して次兄の嫁に来たが、大連にいたある日、勝子姉さんと私2人だけ家にいた。部屋のテーブルに置いてある新聞を見るともなく見ると「共産党幹部逮捕！」と大きく書かれていた。

「これ、どういうことなの？」

「天皇陛下をないがしろにした罪で捕まったの。でもね、正《まさ》ちゃん（私のこと）、この人たちは決して悪い人たちではないのよ。戦争が起こらないように運動したり、また生活で困っている人たちを助ける活動をしている人たちなのよ」

「正しいことをしても捕まるような世の中なんだ」

と私は子供心にも思ったよ。

そこで、私は、このとき以来、何事も自分で考えるようになった。

「今の世の中、どうも、おかしいようだぞ。悪い連中が、正しい人たちを取り仕切っているらしい」

「天皇陛下に忠義を尽くし命を捧《ささ》げるのが国民の務《つと》めである」と学校で教わっているが、本当なのか？　大人たちがやっていることは、少しおかしいのではないのか？　と勝子姉さんからの影響で思うようになった。そのため、大学も慶應《けいおう》の哲学科に進むことになった。

「岩井家の人たち」前列右から1番目が母、3番目が父、2列目右から2番目が忠正、右上円内が忠熊

また、旧制中学時代（現在の高校生）に何度も読んだ『西部戦線異状なし』は、その後の私の人生に大きな影響を与えたね。ドイツのエーリヒ・マリア・レマルク（１８９８～１９７０）の長編戦争小説で、私が生まれた９年後の１９２９年にドイツで発表された。

当時、私はドイツ語が読めなかったから日本語版だが、４００頁以上もある大作だね。

弟　第一次世界大戦は、１９１４年７月28日から１９１８年11月11日の４年余りにかけて連合国対中央同盟国の戦闘により繰り広げられた世界大戦ですね。西部戦線とは、ドイツとイギリス・フランスをはじめとする連合国の闘いを言います。

兄　そうだね。この本は、第一次世界大戦の西部戦線において、ドイツ軍の志願兵パウル・ボイメルが戦場での不安・恐怖・怒り・虚《むな》しさなどを味わい、やがて戦死するまでを描いた物語で、アメリカで映画にもなっていて、ネットでも観《み》ることができるようだから、若い人たちにもぜひ観てほしい。

この本がきっかけで、当時の戦争や国家などのあり方に大いに疑問をもつようになったね。

その後、慶応大学に入るため上京するわけだが、見事落ちて1年間浪人した。おかげで当時、映画をメチャクチャ観たね。封切館は50銭したが、そして日本映画は封切館でしか観ることができなかったが、省線《しょうせん》電車（現在のJR）の駅の近くには必ず映画館があって20銭で観ることができた。10銭という映画館もあったね。

それをはしごして観ていた。上映されるのは外国映画ばかりだったが、そこで感じたのは「天皇中心の日本と外国とは考え方がかなり違う」ということだった。

その頃から、日本と外国とを客観的に比較して見る習慣がついた。そういう意味でも、浪人中の1年間は、私の人間形成において非常に大事な時期だったね。

弟　私は、特別何かに影響を受けたということはありませんが、上にきょうだいが何人もいた関係で、家に本がたくさん積まれていました。

カール・マルクス（1818～1883）の盟友《めいゆう》であるフリードリヒ・エンゲルス（1820～1895）の『家族・私有財産・国家の起源』などという

本がありました。

そんな環境でしたが、改造社から出た『経済学全集』の中で河上肇《かわかみはじめ》さん（1879～1946）の『経済学大綱』という本が印象に残っています。

もちろん、子どもの私に、このような難しい本が読めるはずもありませんが、当時から、河上肇さんのお名前は知っていました。

河上さんは、京都帝国大学でマルクス経済学の研究を行なっていましたが支配者側から嫌われ、結局、教授を辞めて日本共産党の党員として活動したため検挙され、獄中生活まで送っていたことは、子どもの私でも知っていました。

一般の方々には『貧乏物語』の著者と言えばわかりやすいかもしれませんね。

また、兄さんが今述べられたように、私も『西部戦線異状なし』から大きな影響を受けました。著者が、学生から途中でドイツ軍の兵士として第一次世界大戦の戦争体験に基づいて書かれた長編小説ですが、私も兄さんと同じように繰り返し読みました。98歳になる今でも登場人物の名前をはっきり挙げることができるほど大きな衝撃を与えた小説でしたよね。

だから、子共心にも「戦争って、実に残酷《ざんこく》なものだ」とは知っていました。

先ほど、兄さんから「父親は陸軍少将だった」という話が出ましたが、だからといって、私たちきょうだいに思想的な教育をするということはなかったよね。

兄 うん、まったくなかった。

弟 家の中では、一般の家庭と同じように、ふつうの親父でした。軍事教育をしようなどということはいっさいなかった。

親父が陸軍少将なのに、それと反するような本が家にはたくさんありました。親父は「子どもたちがどのような傾向の本を読んでいるか」などまったく関心がなかったようです。

そんな私たちが、旧制中学を出て大学へ入学するために大連を離れて本土に行くことになります。そのとき大連から汽船に乗るわけですが、汽船の中で警察から尋問《じんもん》されるものですから、当局から目を付けられそうな本は、家からいっさい持ち出すことができませんでした。

兄 熊が言うように、親父は私たちきょうだいに軍事的教育をしようなどという考えはまったくなかったね。親父は陸軍少将ですから軍事関係の方々が大勢訪ねてきたが、応接間で話しているだけで、私たちにはいっさい伝わってこなかった。
ただ、甘粕正彦《あまかすまさひこ》（1891〜1945）という人物が、刑務所に入れられていたはずなのに親父を訪ねてきたのには驚いた。この男は「甘粕事件」として有名な人物で、関東大震災（1923年9月1日）直後の9月16日、アナーキスト（無政府主義者）として有名な大杉栄《おおすぎさかえ》（1885〜1923）と作家で内縁の妻・伊藤野枝《いとうのえ》（1895〜1923）、大杉の甥・橘宗一《たちばなそういち》（6歳）の3名が、甘粕など憲兵隊に連行されて、その日のうちに扼殺《やくさつ》（首を絞めて殺すこと）され、遺体が井戸に遺棄《いき》されたという無残な事件で、一般的には、被害者の名前から「大杉事件」として知られているね。

弟 体制側は、アナーキストを毛嫌いしていましたからね。

兄「おかしいな……。これは何か裏があるぞ」と思ったね。長い間、刑務所に入っていたなら丸刈りのはずだろう。それが、甘粕は、髪《かみ》の毛を伸ばし、ポマードをつけて、髪を光らせていたんだから。
「お上の言うことをそのまま信じることはできないぞ」と、この一件でも思ったね。

また、先ほど熊も河上肇さんについて語っていたが、彼の『貧乏物語』の本が、本棚の奥のほうにあったのを見つけて読んだが、この本からも大きな影響を受けたね。「お上の言うことを鵜呑《うの》みにしたらとんでもないことになるぞ」と思わせてくれた本です。

この本は、たしか新聞に連載された原稿を1冊の本として1917（大正6）年に出版されるとたちまちベストセラーになったそうだ。「働けど働けどわが暮らし楽にならず、じっと手を見る」という石川啄木《いしかわたくぼく》（1886〜1912）の考えを踏まえて、現在も問題になっている「ワーキングプア」（働く貧困層）を採り上げて、日本の思想界にも多大な影響を与えたよね。

また、当時、思い出があるのは、どこからか親父のところへ送られてきた『戦旗《せんき》』という雑誌だね。表紙に兵隊さんの横顔が載《の》っていたので「これは、陸軍関係の雑誌だろうな」と思っていたら、7つ上の兄貴が「これは階級闘争の本だよ」と教えてくれた。『戦旗』とは、戦争の旗ではなくて階級闘争の旗だとわかって驚いたよ。

退役ながら陸軍少将の親父のところへ送られてきたもんだから「軍隊の中に

さえも階級闘争の思想が入り込んでいたことと関係があったのではないか」と今では想像している。

『戦旗』は、1928年5月から1931年12月にかけて刊行された文芸雑誌で、プロレタリア文学（労働者の直面する厳しい現実を描く）作品の重要な発表舞台となっていたそうだ。

「南京大虐殺」は本当だった

弟 兄さんは、そのような雑誌が親父のところまで送られてきた理由について現在、どう思っているんですか？

兄 これは、私の想像でしかないが、中国かどこかで捕虜《ほりょ》になった日本人の荷物の中に『戦旗』があって、「このように共産党の人間までもが戦争に協力しているんだぞ」ということを親父に知らしめたかったのではないかな。

弟 なるほど。ところで大杉栄は何度も監獄にぶち込まれましたよね。その体験を彼は『獄中記』(1923年)に書いています。

東京外国語学校を出て8か月で入獄するや看守の目を盗んでは、エスペラント語・英・仏・独・伊・露・西語(スペイン語)などを「一犯一語」を目標に身につけていったようです。兄も語学の天才ですが大杉の集中力には驚きます。

現在、新型コロナウイルスの感染拡大を防ぐため外出の自粛が求められています。「何もやることがなくて退屈だ」などと思わないで、せっかくの機会だから学生たちには、大杉を少しでも見習って読書にチャレンジしてほしいですね。

兄　「一犯一語」とは、大杉もユーモアがあるね。ところで、私たちの若い頃と今の若者とはデジカル化など生活環境がガラッと違うから一概には比べられないが、現代の大学生たちがひと月に使う書籍代がたったの1860円と聞いてビックリしたよ。新刊本をめくるときの印刷の匂いなど私たちにはたまらないが、彼らにもぜひ味わってほしいね。

弟　そうですよね。ところで、大連は中国を代表する港町で、日本の本土から船に乗って満州(中国東北部)へやって来る人がここで降りて列車に乗り換えます。いわゆる通過点でしたから、いろいろな人たちが大連を通ります。

その中で印象に残っている人を1人挙げるとすると、兄さんも述べられていたように、やはり甘粕正彦ですね。彼が憲兵隊長をしていたとき、関東大震災に乗じて無政府主義者として有名な大杉栄を殺した。彼が殺したという確証はありませんでしたが、刑務所に入れられました。

でも、すぐに釈放されてフランスへ旅立っていますが、その前に満州を訪れていたとき、「甘粕が刑務所から出たぞ」と新聞記者に気づかれたため、大連の「大和ホテル」で身を隠していましたが、新聞記者に取り囲まれて、身動きが取れなくなった。

そんなとき、密《ひそ》かに車で移動してやって来たのが私の家でした。それから旅《りょ》順《じゅん》へ行き、ヨーロッパへと逃げて行きました。その後、彼は、満州国建設に一役買い、満州映画協会理事長という重要な役職を務めました。

この話は、家での言い伝えで聞いた部分が多く、私はまだ幼かったですから、よくは覚えていません。

そして、終戦直後の1945（昭和20）年8月20日に彼は服毒自殺をしています。

しかし、どうしても記憶から消えないのは「ノモンハン事件」ですね。これは、1939（昭和14）年5月から9月にかけて満州国とモンゴル人民共和国との間の国境線をめぐる紛争です。兄さんは、当時19歳ですから東京にいて大連にはいませんでしたね。

その頃です。私の家に泊まったある連隊の本部が本土から満州へ移転するとき全滅したというニュースがわが家に入ってきました。正確には、1名を除いて全滅という知らせがわが家にもたらせました。これは、陸上自衛隊がまとめた『大東亜戦史』という書物にも載っていますので間違いないです。

これは、私にとって大変なショックでしたね。

私の家に宿泊して、大連を通過した軍隊は、このほかにもたくさんありました。大連という町は、そういう役割を果したんですね。

また、有名な「南京事件《なんきんじけん》」がありましたね。1937（昭和12）年12月の南京戦において、日本軍が中国の南京市を占領した際、日本軍が殺戮《さつりく》や暴行などを行なったとされる事件です。

南京事件に参加した連隊長が、私の家に宿泊したとき、「たくさんの捕虜を虐殺《ぎゃくさつ》した」と母に内緒話《ないしょばなし》をしたそうです。

あまりにも残酷すぎて、ここでは述べられませんが、母は、軍人の妻として長く仕えていますから、連隊長もつい気を許して、そのような話をしてしまったのでしょう。

私は、この話を母から聞かされて、大変なショックを受けました。人間って、戦争ともなると、こんな残酷なことも平気でやってしまうものなんだと15歳の私にとって永遠に忘れられない出来事となりました。

「南京大虐殺なんてデマもいいところだ」なんて反論している人たちもいますが、私は、この耳ではっきりと母から聞いていますから間違いありません。

今から考えると、大変なことを聞いていたなと思います。

「満州事変」の真相

兄　熊の今の話は、歴史的にも大変貴重な証言だね。

私は「満州事変」が勃発《ぼっぱつ》した当時のことを今でも克明《こくめい》に覚《おぼ》えているよ。「日本の侵略戦争」を考える上で非常に大事なことなので、できる限り詳《くわ》しく話してみよう。

その頃、私たちは大連に住んでいたよね。私が小学校の5年生、熊が3年生で、両親と同じ部屋で寝ていた。

ある朝、突然、電話の音で目が覚《さ》めた。まだ眠かった。外はまだ薄暗く、ふつうなら電話などかかってくる時刻ではなかった。

母があわてて飛び起き、廊下にある電話に出た。二言三言何か言ってから、ばたばたと部屋に戻ってきて、父に「あなた、関東軍からですよ！」と言っていた。いつもは冷静な母の態度からも、飛び出していった父の気配《けはい》からも、何かただならぬものが感ぜられて、私はすっかり眠気が覚めてしまった。子供心にも「今頃、関東軍から、一体なんだろう？」と思いながら耳をすませていた。

電話口に出て「え？　うん」などと短い言葉を交わした父は突然大声で「そうか、やったか！　しめたっ！」と叫《さけ》んだ。

弟「やったか！　しめたっ！」と叫んだんですね。

兄　そうだ。「しめた」って、なんだろう？　どんな良いことがあったのだろう、と思ったよ。謎《なぞ》は間もなく戻ってきた父によって明らかにされた。奉天《ほうてん》（現在の瀋陽《しんよう》）で関東軍と支那軍（当時、中国を支那《しな》と呼んでいた）が衝突《しょうとつ》したというのだ。衝突？　戦闘が始まったのか。これは大事件だということは私にもわかった。

　しかし、関東軍が勝っているということで「日本軍は強いのだから勝つのは当たり前だ」と思いながら私は一安心した。「しめた」というのも、関東軍が勝っていることから出た言葉だ、とそのときは思った。どうして衝突が起こったのか、などということはそれほど気にならなかった。それより勝っていることのほうが大事だったのだ。

　それでも「やったか！　しめたっ！」という父の言葉は、なぜだかはっきりと記憶に刻《きざ》まれた。

弟　関東軍とは、日本の中国侵略の尖兵《せんぺい》（先頭）となった軍隊のことで、満州事変とは、１９３１（昭和６）年９月18日の深夜、関東軍が南満州鉄道の線路を爆破した事件に端《たん》を発しています。

兄　そうだね。満州事変が勃発した翌日の19日の早朝にわが家に電話があったわけだ。日本はその後、軍事行動を満州（中国の東北部を当時こう呼んでいた）全域に拡大し、傀儡《かいらい》（あやつり人形）国家「満州国」をデッチあげ、さらに中国本土まで戦火を拡大していき、しまいには東アジア全域を戦場とする太平洋戦争にまで発展するのだが、その始まりがこの満州事変だった。

父は職業軍人で、その頃は既に軍務を退いていたが、満州では数少ない将官の1人として、また在郷軍人会（現役を離れた軍人によって構成される組織）の最高幹部として活躍していたので、関東軍としても事変の発生を直《ただ》ちに知らせねばならなかったのだろう。

この満州事変、奉天近郊の柳条湖《りゅうじょうこ》、当時はどうしてだか柳条溝と呼ばれていたが、そこで支那軍が不法にも満鉄（太平洋戦争の敗戦まで日本が経営していた「南満州鉄道株式会社」の略称）の鉄道線路を爆破したので関東軍がこれを膺懲《ようちょう》（懲《こ》らしめる）するために出動したのだとされていた。

そして当時、満州に住む日本人は大いに快哉《かいさい》を叫び、支那軍と戦う関東軍に大きな支持を与えていた。

私たち小学生も先生に引率されて、駅頭や埠頭《ふとう》で日の丸の旗を振り、通過する部隊の送り迎えをたびたび行なったし、前線の兵隊さんに送るのだと各家庭では慰問袋などをつくった。巷《ちまた》で歌われる歌も「皇軍」（天皇が統率する軍隊）の勇戦奮闘を称《たた》えるものが大流行だった。

内地でもそうだったのだろうが、満州は現地ということもあって、とくにそういう雰囲気が強かったのだろうと思う。

弟　日本軍はこれをきっかけに全満州を制圧し、数年後には清朝の最後の皇帝だった愛新覚羅溥儀《あいしんかくらふぎ》（1906～1967）を皇帝とする「満州国」をつくりあげます。これは表向き独立国の形を取っていますが、実権は関東軍が握った純然たる日本の植民地でした。読者のみなさんも、溥儀の生涯を描いた『ラストエンペラー』という映画を観たことがあるかもしれませんね。

兄　父が熊本の満州派遣中だった第六師団の留守師団長を最後に退役したのは1924（大正13）年だが、父は多少もっていた不動産を処分し、自らの意志で家族全員大連に移住した。それは別にそこに再就職先を見いだしたからではなく、特別の考えがあってのことだった。

「日本人はどんどん満州に移住してそこに新天地を見いだすべきだ」というのが父のかねてからの持論で、自らがその持論を実行した。つまり「満州は日本のものでなければならぬ、それを確実なものにするのは日本人の務めだ。自分は率先して余生をその義務の遂行に捧げよう」というのが父の考えであったのだろう。

父にとって満州は日清・日露の両戦役で命を懸《か》けて戦った地であり、「領土」として確保すべき土地だったのだろう。

弟 こういう考え方は決して父だけのものではなかったですよね。明治時代に行なわれた日清・日露の両戦役がすでに東アジアに覇権《はけん》を打ち立てるためのものでしたが、その結果得たものは台湾、サハリン南部（樺太《からふと》）の領有《りょうゆう》、そして満州南部の関東州（大連はそのまた南端にある）の租借権《そしゃくけん》、さらに日露戦数年後に朝鮮を併合しますが、日本帝国主義最大の狙いは満州でした。満州への進出は、明治以来の日本の「国策」でした。

兄 父は、その「国策」を忠実に実行しようとしていた。満州事変勃発の翌朝、父の発した「やったか！　しめたっ！」という言葉は、この文脈の中で真意が見えてくる。

ところで、この事変、熊も先ほど解説していたように、実は支那軍の仕業《しわざ》などではなく、関東軍の板垣征四郎《いたがきせいしろう》（1885〜1948）や石原莞爾《いしはらかんじ》（1889〜1949）らの参謀が計画し、関東軍自らがこの爆破を行ない、「支那軍がやった！」という口実をデッチあげて戦闘を始めたということが今では明らかになっている。

これは種々の資料で証明される事実なのだが、実は資料による証明以前に、少なくとも満州ではいつの頃からか密かに巷でささやかれるようになっていた。その頃、私は旧制の中学生になっていたが、そんなことが私たちにさえ聞こえていたくらいだから、大人の間では常識だったであろう。

もちろん、そういう話は公然とはできなかった。そんなことを言ったりしたら、たちまち特高警察（取り締まりを目的とした秘密警察）か憲兵（主に軍隊内部の秩序維持）に捕まってひどい目に遭《あ》ったであろう。

しかし、ここで言っておきたいのは、自分の国が他国を侵《おか》していることについて、それほどの罪悪感なしに語られていたことだ。

民衆レベルにおいても、「日本は優《すぐ》れた国なのだから他国を支配するのは当然だ」という意識が当時、大人たちの間では一般的だったこと、子どもはもちろんそれに右ならえしていたことを、当時そこに生きていた者の1人として伝えておきたい。

満州では日本人は主人面をして中国人（満人と呼んでいた）に対していた。中国人の物売りなどを特別の悪意なしに「ニーヤ」などと呼んでいた。「ニーヤ」とは「おまえ」という意味だが、悪意はなくてもそこには中国人に対する無意識の優越感が秘《ひ》められていた。「ニーヤ」などはまだいいほうで、ここでは語ることができないほど別のあからさまな別称もあった。

「それほどの罪悪感なしに」と言ったが、まったくなしにではなかったこともここで言っておきたい。やはり日本が中国の領土を侵していることに対する後《うし》ろめたさというものがあった。中国人に対する理不尽な傲慢《ごうまん》さも、実はその裏返しという面もあったことと思う。

満州事変は、本当は日本軍の陰謀《いんぼう》らしいという噂《うわさ》も、それがひそひそと語られたのは特高を恐れたためばかりではない。身内《みうち》の者の犯罪について語るときのような意識がそこにあったからだと思う。

私は、満州事変が起こったときはまだ子どもだったから、単純に日本のやること、日本軍のやることはみな正義だと思っていた。

日本軍が正義の剣を振るって悪い「馬賊《ばぞく》」をやっつけているのだと思っていたのだ。学校でもそう教わっていたし、世間の雰囲気もそうだったのだから無理はない。

弟 しかし、成長するにつれて、だんだんとそういう単純さから抜け出していったんですね。

兄 皮肉なことに、その下地をつくってくれたのは、小学校時代から叩《たた》き込まれた天皇主義教育と、さらに中学校に入ってから加わった軍事教練だったんだよ。

小さい頃から学校で「天皇陛下は尊いもの」と叩き込まれた。天皇はアマテラスオオカミの子孫で神様だと教わった。だから日本は「神の国」だというわけだ。

なんだか少し変だなという思いは残らないではなかったが、先生をはじめ大人がみんな大真面目《おおまじめ》でそう言うし、そう考えたほうが誇《ほこ》りをもてるような気がしたからだろう。単純にそれを受け入れていた私だけではなく、当時は大人も子どももみんなそうだったのだ。

他国に対するあからさまな侵略について「それほどの罪悪感」を当時の日本人が感じていなかったのも、ここにその理由があると思う。

弟 その後、兄さんは大学受験のため上京して独《ひと》り身《み》の生活を送ることになりますね。

兄 家族や学校からの束縛《そくばく》から解放されて、今までの来し方を自由に省みる余裕を私に与えてくれた。その中で、日本が満州でやっていることについて抱《いだ》いてきた疑念は「これは侵略に違いない！」という確信に成長した。

そこで参考になったのが、幼少時代から見聞した日本人の中国人に対する理不尽で傲慢な態度とともに、あの満州事変勃発の翌朝に聞いた父の「やったか！　しめたっ！」という言葉だった。

１９３１（昭和６）年に満州事変で始まり１９４５（昭和20）年に敗戦で終わった十五年戦争について「あれは日本の侵略戦争ではなかった」などという発

言が歴代の閣僚や、いくつかの地方自治体の議会などにより繰り返されている。
しかし、残されている公式の資料は、すべてあの戦争がアジア諸国に対する侵略戦争だったことを反論の余地なく証明している。
それだけではない。当時、現地である満州に住んでいた私の実体験も、そのことをいわば内面から裏付けているのだ。

弟　兄さんは満州事変のまさに「生き証人」ですね。

「私は、なんのために死ぬのか？」

兄　私が慶応大学の学生の頃、東京・高円寺の伯母（母の姉）の家に住んでいたのだが、三木清《みききよし》（1897〜1945）が、ご自宅の2階の縁側の長椅子で本を読んでいる姿を見かけたことがある。三木清のことは岩波書店から出た『哲学入門』を読んで知っていた。

三木清は、在野の哲学者で、戦時中に治安維持法違反で逮捕されたが、その後、獄死したというニュースを新聞で知って猛烈《もうれつ》に腹が立ったことを今でもはっきり覚えているよ。三木清まで官憲《かんけん》（国）は殺すのかと憤《いきどお》ったね。三木清は、一般的には、死後刊行された『人生論ノート』でよく知られているよね。終戦直後に大ベストセラーになったから。

ところで、熊は京都大学、私は慶応大学の学生として学徒出陣することになり、2人とも海軍に行くことになっていたが、陸軍中佐に嫁いで新潟県の新発《しば》田《た》に住んでいた3番目の美智子《みちこ》姉さんが「2人とも最後の別れとなるだろうから、軍隊に入る前に2人で先祖の墓参りをしてから、どこか温泉にでもゆっくり浸《つ》かっていらっしゃい」と金を出してくれたよね。

弟　私は京都から、兄さんは東京から、直接、新発田で落ち合ったあと、美智子姉さんに言われたとおり山形県の米沢に行って墓参りをしてから、新潟県の日本海沿岸にある瀬波《せなみ》温泉に行かせてもらいました。

兄　そこへ行く途中の汽車の中で、私は、「きっと2人とも戦死して、2度と会うこともないだろう」と、この機会を利用して、戦争についてのかねてからの自分の考えを熊に打ち明けたくなった。

誰にも言ったことがない極秘のことだが、同じく海軍に行くことになっている態なら言ってもいいだろうと思ったわけだ。治安維持法にも触れるような内容なので、周りに感づかれないように、私はささやいた。

「俺たちは生きては帰れないだろう。そうすると、新聞で書かれているように『天皇陛下のために命を捧げた』みたいに扱われるは嫌《いや》だな」と治安維持法にひっかかりそうな内容だったので、周りに聞こえないようにひそひそと話し合った。

ところで、「天皇陛下」という言葉は列車の中で使いたくなかったので、2人ともドイツ語を知っていたから「カイザー」（ドイツ語で皇帝）に置き換えて話し合った。『天皇制』についても大ぴっらに語れないから、ドイツ語に独自に置き換えて話し合ったな。

『天皇制』についても問題がある。天皇を不可侵の頂点とする支配システム、世間では「国体」などと日本の誇りでもあるかのように言い慣《なら》わされているが、これが今の日本で一番悪いものだ。

でも『天皇制』という言葉をあからさまに使うことはできないから、ドイツ語でなんと言えばいいかな？　そうだ！　「カイザートゥーム」と言い換えよう。

弟　上手《うま》い訳だったよね（笑）。私も「天皇陛下のために命を捧げる」などとはさらさら思っていませんでした。

兄　あのときは、お互いに生きて会えるとは思っていなかったから、本音《ほんね》をぶつけ合ったよな。

ところで、今の人たちからすると「天皇制」という言葉を知っているでしょうが、私たちが学生時代には、左翼の運動も学問も、さらには出版も全面的に禁圧（抑えつけて禁じる）されていたため、この言葉にお目にかかることはまったくなかったので、私たちは知らなかった。

実は、私の造語の「カイザートゥーム」を、東京に戻ってから独和辞書を引いてみたらちゃんと載っていたよ。「帝国」「帝位」などのほかに「帝政」という意味もあるらしく、当たらずとも遠からずだ。

弟　兄さんは、語学の天才だもんね（笑）。その後、ロシア語も独学で身につけて、1番得意なのがロシア語、2番目がドイツ語、3番目が英語でしょう。

兄　それはともかく、私たちは、それまで、こういう政治的な会話はしたことがなかったが、東京と京都に離れて暮らしていても、熊は歴史、私は哲学と専門分野は違っていても、基本的には同じ考え方であることがこの汽車の旅で確認し合えたことは美智子姉さんのおかげだね。

でも、このときから「私は、なんのために死ぬのか?」という差し迫った問いが私の頭から離れなくなった。

そうしたある日の午後、私は学校に近い三田の街を考えるともなく歩いていると、1人の中年の女性が小さな女の子の手を引いてやって来るのとすれ違った。まったく日常的で平凡な、私にとってはなんの意味もない情景だよね。

だが、そのとき、私は気づいた。「そうだ! 私が死のうとしているのは、こういう人たちのためなんだ。私はこういう人たちと1つなんだ。いや、私はこういう人たちと生活をともにしていて、私はその1部なんだ。私がたとえ死んでも、この人たちの生活が続く限り、その中に生きていけるのではないか」と思ったら、今までのモヤモヤが一気に晴れて清々《すがすが》しい気分に浸《ひた》ることができたんだ。

そう思ったとたん、私は歩いている大地にひれ伏して接吻《せっぷん》したいような激しい衝動に駆られたことを今でもはっきり覚えている。

弟　戦争で死ぬのを「天皇陛下のため」「親兄弟や恋人のため」と思う人が大部分なのに、兄さんはそう思って戦争で死ぬことを納得させたんですね。

兄　でも、これを「自己犠牲」だとか「勇気」だとは思わないでほしい。たとえ当時、天皇や戦争に対する公然たる批判は、刑務所行きだったとしても、そこで獄死するかもしれないとしても、私に本当に勇気があったなら、なんらかの形でこれに抵抗し、応召《おうしょう》を拒否したとしたら、それこそ理性的で勇気ある行動だっただろう。そのほうがずっと難しいことだったのだ。私はそれができなかった。

　だからこそ、「たとえ、どんな時代であろうとも、どんな環境であろうとも、言うべきことはハッキリ言える人間になってほしい」と熊とこうして若い人たちに訴えているわけだよ。

弟　兄さんは私との共著『特攻』(新日本出版社)で、次のように書いていましたよね。

――かなり前のことだが、ある雑誌でこんな記事を読んだことがある。執筆者は、やはり私たちと同じ海軍で四期の予備少尉（つまり1943年のいわゆる「学徒出陣」で海軍に入った少尉）の人物らしかった。

ある夕食後、何人かの予備少尉たちがくつろぎダべっていたのだが、そのうちの一人が「俺は天皇のためには死なないぞ」。すると他の一人がすかさず「当たり前だ、バカ」と一蹴し、その深刻な話題はそれで打ち切りになった

――

「当たり前だ、バカ」という一言にすべてが含まれていますよね。学徒出陣した人たちの多くが、表面にこそ出さなかっただけで、内面では、天皇制に対する批判的な気持ちをもっていたんですよね。

私の場合、「なんのために戦争で命を捨てるのか？」という問題になると当時はよくわかりませんでした。

ただ、1番はっきりしていることは、バカバカしい話ですが、川口松太郎《かわぐちまつたろう》（1899~1985）に『愛染かつら』という小説がありましたよね。私は、

この本を読んでいないし、映画も観ていませんが、主題歌の『花も嵐も踏み越えて　行くが男の生きる道』という歌詞は、歌ったことはありませんでしたが、当時、大流行したため、否《いや》が応《おう》でも耳に入ってきたため覚えていました。

先ほどの兄さんの話にも出てきた三木清は、酒を飲むとこの『愛染かつら』を歌ったそうです。「花も嵐も踏み越えて　行くが男の生きる道」という言葉に「自分は左翼だからいずれ逮捕されるだろう。それでも我が道を行く」と自分をオーバーラップ（重なり合わす）していたのではないでしょうか。

私も、「戦争に行けば危険な目に遭《あ》うどころか、命までも落としてしまう。それでも行くしかない」と、この歌の気持ちがわかるような気がしていました。「危険から逃れる生き方は卑怯《ひきょう》なことだ」という気持ちが戦争に深入りするきっかけになったのだと思います。

ずぶぬれの中で行なわれた「学徒出陣」

兄　私は、やはり、なんだかんだ言っても、「戦争で命を落とす運命からは逃れられない」と当時は観念していたね。「とうとうきたるべきものがきたな」と思った。「これで俺の人生も終わりだ」と思ったよ。

だから、現代の若者もテレビ等で観たことがあると思うが、1943（昭和18）年10月21日、雨の中、神宮外苑で行なわれた「出陣学徒壮行会」（学徒出陣）に私も参加した1人だ。

今でも毎年、テレビで放映される、銃を肩に担ぎ、歩調を取って分列行進する角帽の学生たちは、あれはきっと東大の隊列だろう。慶應の隊列も同じように行進したはずだが、映ってはいないようだ。

激励のために動員されて観客席にいた当時女学生だった作家の杉本苑子《すぎもとその こ》さん（1925～2017）によると、感動した1部の女子学生たちが、行進する男子学生たちのほうにドッと殺到した出来事もあったようだが、私たちはそういう感動的な場面には恵まれなかった。

政府が企画したこの催しに、私はかなり冷ややかな気持ちで参加した。大した感動を覚えなかったのもそのせいだろう。

それでも、やはり私はこれに参加している。「面従腹背《めんじゅうふくはい》」だよ。内心反発を覚えながら上っ面では従順に従うという当時の学生の性向を私ももっていたわけだ。

弟　学徒出陣は、新型コロナウイルスの影響でどうなるかわかりませんが、現時点で予定されている2021年夏のオリンピックのため新国立競技場の建設が進む神宮外苑から始まりました。

当時は「徴兵制」があって20歳以上の男性すべてに「兵役の義務」がありました。大学生は「将来、国の人材」ということで27歳まで兵役が猶予《ゆうよ》されていました。

しかし戦争が悪化するにつれて兵士が不足してきたため、20歳以上の学生が兵役免除を解かれ、卒業を早めたり、文系の学生はそのままの身分で兵役に服することとなりました。

関東の大学77校の学生らおよそ2万5千人ほか5万人、総数7万5千人もの学生が一斉に徴兵されることになり、その「壮行会」が開かれたわけです。

ずぶぬれになりながら、ペンから慣れない銃に持ち替えた学生たちに「天皇陛下万歳！」と訓示したのはときの総理大臣である東条英樹《とうじょうひでき》（1884〜1948）です。こうして兄さんや私たち大学生たちが兵士として戦場に赴《おもむ》くことになりました。

ジャーナリストから参議院議員になった田英夫《でんひでお》（1923〜2009）とは航海学校で一緒になったが、彼によると、学徒出陣を代表して挨拶したのは森という東大出の非常に優秀な男で誰が見ても素晴らしい人間だったそうです。


兄　「ペンは剣よりも強し」が慶應のスローガンだったはずが、塾長から「勇《ゆう》敢《かん》に闘ってほしい」と言われて「何を言ってるんだ！」と腹が立ったね。

でも戦時中は誰も不満を口にすることができなかった。だから私たちは「沈黙を守る」ことによって戦争に協力したんだよ。

「なぜ、あのとき、戦争に反対しなかったのか」これが私にとっての「戦争責任」だと思っている。

弟　教師を夢見ていた私は、京都大入学からわずか2か月後の「学徒出陣」でした。

死ぬほど嫌だった軍事訓練

兄　私は下宿先の伯母たちに別れを告げ、1943（昭和18）年12月10日の朝早く、身の回り品を詰めたトランクを提げて東京・高円寺の駅を出発、指定された神奈川県横須賀の武山《たけやま》海兵団に向かい入団した。熊も同じ海兵団に入ったんだよね。

弟　私も兄と同じ経過で同じ12月、武山海兵団に新兵として入団しました。翌年の2月に兄は対潜学校、私は武山海兵団のそれぞれ学生隊に分かれて教育を受けることになりました。

ところで、兄さんは自ら志願して特攻兵になったように世間では見られていますが、実際はそうではなかった？

兄　ああ、そうだよ。命を懸《か》けて戦争するわけだから、軍隊という組織に上下の規律が必要なことはわかるが、しかし、実際に体験したその内実は、そんなきれい事ではなかった。

1例を挙げよう。あるとき、私たちの班が便所掃除をすることになった。小便所は、最近ではあまり見かけなくなったが、横に並んでコンクリートの壁《かべ》に向かって放尿する方式だ。

小便のかかる壁や壁から落ちて流れる水路には黄色いものが一面に付着してこびりついている。それを煉瓦《れんが》でこすって削り落とすのだが、棒や手袋などを使うのではなく素手でやる。

それは仕方ないとしても、私たち二等水兵が素手で掃除しているのを横目で見ながら平気な顔をして上流から垂《た》れ流す下士官がいるんだよ。それも、1人や2人ではない。

当然、掃除中の私たちの手は生暖かい黄色い液体にまみれる。私は、怒りに手が震《ふる》え、ぶん殴ってやろうと思わず立ち上がったよ。

しかし、こちらは最下級の二等水兵、相手は幾段も上官の下士官だ。抗議などはとんでもないという分別《ふんべつ》は私にもあった。感情にかられてそんなことをしたら相手の思うつぼで半殺しの目に遭《あ》っただろう。悔しさを抑えて、再びその汚い作業を続けるほかなかった。

このように、軍隊は、私たち兵隊を虫けら同然としか見ていないことがよくわかった。

そこで、ここでの軍隊生活が嫌で嫌でたまらなかった私は、「ここから1日でも早く脱出したい!」と思っていたときに、渡りに船で神奈川県横須賀市にある久里浜の「機雷学校」に行くことにしたんだ。

そこで、学徒兵として、私は『回天《かいてん》』と『伏龍《ふくりゅう》』という2つの海軍特攻部隊に所属した稀有《けう》の経験をしている。

そのため私が「自ら特攻を志願した」ように世間では思われているが、まったく違う。

「機雷学校」は、神奈川県横須賀市の久里浜にあった。私たちが入学した頃は「機雷学校」という名称だったが、入学して間もなく学校の名称が「機雷学校」から「対潜学校」に変わった。

戦争が進むにつれて味方の艦船がアメリカの潜水艦にやられることが多くなってきたため、敵潜水艦をいち早く発見してこれを機雷攻撃でやっつけることが最重要課題になってきたわけだ。そこで、私たちはその専門家である「水測士」になることが期待された。

「対潜学校」を卒業すれば、私たちは少尉に任官して「水測士」として艦船に配属され、敵潜水艦の位置を捕捉《ほそく》（捕える）してこれを機雷攻撃でやっつける作戦の責任を負うことになるが、それだけではない。私たちも、砲術や通信たちと同様、航海中は艦橋《かんきょう》（高所に設けられた指揮所）に立って操船をしなければならない。

そのため、羅針盤で船の位置を確かめて海図に書き込んだり、操舵手に進路を命じたりする航海士の役を4時間交替でやらなければならない。だから航海術の理論と実習を私たち「水測士」の卵もやったわけだ。

ところで、そこでの入学式だが、学生隊の隊長の訓示があった。中身はよく覚えていないが、1つだけ今でもはっきり覚えていることがある。

「貴様たちは海軍から支給されて士官服などを着ているが、まったく中身を伴っていない。『沐猴《もっこう》にして冠《かん》す』（猿が冠をかぶっている）という言葉がふさわしいのだ」などと毒づかれ、癪《しゃく》にさわったが、まったく言い得て妙だな、と自分でも感心したものだ。

弟　ここでの軍隊生活は、兄さんにとってどうでしたか？

兄　私たち学生出身者に海軍将校としての技能や能力を身につけさせるために教育・訓練が行なわれるわけだが、それ以上に「海軍将校らしさ」を私たちに押しつけよう、型にはめようと、こういう格言が、ことあるごとに強調された。「スマートで目先がきいて几帳面、負けじだましい、これぞ船乗り」

弟　兄さんと正反対ですね（笑）。

兄　そうだよ。私は生来《せいらい》スマートでもなければ目先もきかない。おおざっぱだし、負けじだましいなども格別あるとも思わない。それがなんの因果で海軍などに来ることになったのか、とこの言葉を聞くたびに嫌な思いをしたもんだ。

このように「対潜学校」で教育・訓練を受けているうちに、私はつくづくこの「対潜学校」が嫌いになっていった。軍隊自体も、もちろん最初から好きではなかったが、とくにこの「対潜学校」が海軍の中でも最も嫌なところだなと思うようになった。

弟　その主な原因はどこにありますか？

兄　熊もそうだろうけど、入団当初は、もの珍しさで新しい生活に夢中だったから、嫌なことはたくさんあったとしても、それほど愛想《あいそ》が尽きたわけではない。では、なぜこの「対潜学校」がそんなに嫌になったのか。

私はもともと軍隊というものが大嫌いだったし、この戦争については否定的な認識と絶望的な展望をもっていた。この戦争では、日本に大義（人として守り行なわなければならない道）はないし勝ち目もないと考えながらも、日本の敗戦を願っていたわけではない。熊もそうだと思うが、できれば日本が勝ってほしい。そのために自分もなんとか役に立ちたいとは考えていたのだ。

結局、自分も死ぬことになるだろうが、それは運命で仕方のないことだと覚悟していた。だからこの学校で教わることも、好き嫌いは別として、なんとか身につけようと人並みの努力はしたつもりだよ。

これが私の「面従腹背」の「面従」の中身なのだ。外面を飾ってごまかしながら行動では裏切らない。天皇制やこの戦争に対する否定的見解は腹の中に大事にしまっておいて口に出さぬということだ。

そうやって「内心の自由」を確保しておきながら、戦争の要求する行動はちゃんとやろう、やらざるを得ぬ、これが軍隊に入るに際して決心した私流の「面従腹背」だ。

ところが、つくづく嫌だったのは、愚にもつかぬ「精神教育」だった。海軍は、私たち学生出身者に「軍人精神」を注入することに教育の重点を置いているようだった。海軍には、私たち学生出身者はみんな自由主義にかぶれた徒輩《やから》に見えたらしい。この西洋かぶれの自由主義という奴が最も軍人精神に反する思想であるらしい。

この軍人精神の源泉は、明治天皇の「軍人勅諭《ぐんじんちょくゆ》」にあるとかで、毎朝、朝礼で軍人勅諭の5つの項目を大声で唱《とな》えさせられた。私は、ほかの4つには頷《うなず》けるところもないではないが、最初の1項「忠節」だけはどうしても受け入れられなかった。ところが、教育の中で最も強調されたのが、この項目だったのだ。

天皇に対する忠節は、私にとっては根拠のない愚かなことだったが、腹が立つのは、それが抽象的に唱えられるだけでなく、海軍で行なわれるいっさいのバカげた事柄も、たびたび行なわれる「修正」（鉄拳制裁）も、この徳目によって正当化され、日常化さえされていることで、ますます天皇制に対する嫌悪が激しくなっていった。

それが自由に吐露《とろ》できるのであればストレスもいくらかは解消されたかもしれないが、それを口にすることは最も厳しいタブーだった。

それさえなければ、この「対潜学校」もそれほど嫌いではなかったかもしれない。これは何も「対潜学校」においてだけでなく、海軍の学校や施設、部隊ではどこも同じだったろうが、当時の私は「籠《かご》の中の鳥」みたいなもので、世間から隔絶《かくぜつ》されていた私たちは、自分たちだけがとくにツイていないように想像していたのだ。

私たちの教育・訓練は、このような雰囲気の中で進められていった。こうして、私たちも、良かれ悪しかれ、少しずつ海軍の雰囲気を身につけていったのだ。

弟　私も、航海学校の生活は、武山海兵団学生隊の基礎教育に比べればずっと楽でした。たえず区隊長が居住区にやって来ては怒鳴《どな》りまくるということがなくなった。ある程度の学生の自治のようなものが認められていた。いわゆる

「しつけ教育」は卒業していて「術科教育」に入ったと言ってよいでしょう。

兄さんがいた対潜学校では基礎教育と術科教育が引き続いて同じ場所同じ教官によって行なわれたようだから、航海学校の私たちのように一段階を画したという気持ちにはなれなかったんでしょうね

そうは言っても航海学校でもバカバカしく腹立たしかったことはたくさんありました。いくつか例を挙げてみます。

1つは、軍港の目の前にある猿島《さるしま》を一周するという遠泳がありました。航海学校の岸壁《がんぺき》から泳ぎ始めて陸を見ると、泳いでも泳いでもうしろへ下がっているのがわかりました。

私は、子どもの頃、兄さんのあとをついて海へ泳ぎによく行ったものだから、泳ぎには人一倍自信がある。その私でさえ、いくら泳いでも陸へ近づかない。向かい潮のためでした。何ノットあったか知りませんが、日頃「潮汐表《ちょうせきひょう》」の使い方を教えていた教官がそれを無視して遠泳の計画を立てたことがはからずもわかってしまった。結局、5時間も泳いだところで遠泳中止となり、迎えの短艇に収容されて帰ってくる始末でした。それでも教官の過失という話はい

っさいありませんでした。

2つは、武山海兵団学生隊の武装駆歩競技では日射病のため3人の死者が出たが、訓練中止にはならなかった。もちろん責任者の行政処分はいっさいなかったです。

3つは、航海学校には日清戦争時代（1894年7月25日〜1895年4月17日）に英国に注文し建造されたというかつての戦艦富士が岸壁に繋留《けいりゅう》されて、教育訓練の場として使われていました。

そのデッキから飛び込む訓練がありました。12メートルぐらいの高さです。飛び込んだ経験のある人はわかるだろうが、水面に対して鋭角になるように飛び込むのが理想だが、何しろいきなり飛び込まされたものだから、身体が水面に対して平行になったため、水面で胸を嫌というほど強く打ち、浮き上がってもしばらくは呼吸もできないほど痛かった。事前に飛び込みの訓練も経験もいっさいなしにこういう訓練をするのが海軍式だった。

いわんや相手を殴ってもいいという「棒倒し」の場には、救急車と担架《たんか》が用意されていました。これは、もう野蛮《やばん》というよりほかはない。航海学校もとどのつまり私には合わなかった。兄さんと同じように私も「１日も早く教育機関ではない、どこかに出ていきたい」と思うようになっていきました。

そこで、いよいよ「特攻隊」への志願になるわけですね。

やむなく特攻隊へ志願した２人

兄　１９４４（昭和19）年の秋口に、特攻隊への志願募集があった。

学生隊長だったと思うが、私たち全員を営庭《えいてい》（兵営内にある広場）に集めて何か訓示をした中で、新しく発明された「特殊」兵器の搭乗員の募集が告げられた。そのときは「回天」とか「伏龍」などの名称はもちろん、具体的にどんな種類の兵器であるかの説明はいっさいなかった。持って回った言い回しではあったが、万事飲み込みの悪い私でさえ「ははぁ……何か必ず死ぬことになるような兵器だな」とすぐに了解した。

「特殊」という言葉に、何か特殊な不気味さが漂《ただよ》っていたね。その頃はまだ

「特別攻撃」とか「特攻」などという言葉はなかったが、既に「戦況はなはだ我に利あらず」で、これを挽回《ばんかい》することは不可能な状況であることは私にも想像できた。何かそういった特殊な兵器が使われても不思議ではない雰囲気があった。

弟　航海学校でも、同じ1944（昭和19）年10月18日の昼休みに武道場で総員集会がありました。そこに学生隊長である田口正一《たぐちまさいち》大佐が登場しました。防空駆逐艦長としてマラリア沖海戦に参加した方です。

田口隊長の話は淡々としていて「戦局はゆきづまり、それを打開するための特殊な決死的攻撃兵器が発明されたので、その搭乗員を志願する者は明朝の食事までに分隊長に届け出よ」とのことでした。そして、この問題について互いに談話することを禁ずることが付け加えられました。

戦後、田口大佐の死後に家族が語ったところによると、海軍省人事局に呼び出されてこの要員の選抜を命ぜられた日、仕事の感情を家庭に持ち帰ったことのない人が、その日に限って不機嫌に当たり散らしたそうです。田口大佐にとっても納得《なっとく》のいかない命令であり戦法であったことは明らかです。

ところで、この志願の話を聞いたとき、私たちには思い当たることがありました。艦務実習で東京湾を航行しているとき、緑色に塗《ぬ》られた小型のボートが高速で追い抜いて行きました。「あれは一体なんだろう？」とみんな思っていました。船の種類など学んでいましたが、それまで見たことも聞いたこともない船でした。

そのうち教官から「あの緑色の小型ボートは軍機（軍事上の最高機密）事項だからそれについてお互いに話などするな！」と厳命されました。

そう言われても、言われれば言われるほど、気になりますよね。私たちの仲間ではそれを密《ひそ》かに「グリーンピース」と名付けました。

上層部が思いついた危険な任務とはあれだろうかと思っていました。のちに私たちが行くことになる「震洋《しんよう》」ですね。

「震洋」は爆発しやすいように船体がなんと安物のベニア板で作られていて、なんとも原始的な代物《しろもの》でした。単純きわまる兵器です。天体を観測して船の位置などを確かめるなどの難しい航海術をこんなもののために習ってきたのかと唖然《あぜん》としました。目の前の敵艦に突っ込むだけの単純素朴な兵器です。

製造が簡単な「震洋」は、終戦までにおよそ6200隻《せき》も大量生産されました。そして1度出撃すれば生きては帰れません。

ある仲間は「おまえ、とんでもないところへ来たな」と言われ、「どうしてですか?」と訊《たず》ねると、「見てみろ」と言われた先に「ベニヤ板の小型船」がたくさん浮かんでいた。

その彼は「特攻というからてっきり飛行機かと思った」そうです。これは爆弾ごと敵へ体当たりするためにつくられた小型ボートです。

通常、戦争はこちらの犠牲《ぎせい》をできる限り少なくして相手のダメージを大きくするものですが、特攻は初めから死を前提にしていますから、ふつうの戦争とは違います。

「震洋」は、一般の人が思い浮かべる飛行機による「特攻」ではありません。海の「特攻」があったのです。「震洋」は小型ボートに弾薬を積んで海沿いの洞窟《どうくつ》などに待機、上陸してくる敵艦船に体当たりをして爆破することを想定して軍部によってつくられたのです。

当然、生きて帰ることはあり得ません。「海の特攻隊」である「震洋」で命を落とした青年はおよそ２５００人。10代後半の若者が多くを占めていました。１９４５年2月、フィリピンのコレヒドール島で第12震洋隊の50艇が命令を受けて出撃、その全員が戦死しました。

飛行機をつくる物資も底をついたが、それでも日本は戦争をやめなかった。そこで、武器として使われたのは「青年たちの命」でした。

小型ボート1隻と1人の命とどっちが大切かと言えば、当然、小型ボートのほうが大切。このボートを見て「これでは日本は勝てっこない」と思いました。「なぜ日本はあんな戦争を始めたのか?」その疑問から戦後70年間、私は近現代の研究に打ち込んできました。

70年が過ぎた今も薄れない特攻の記憶。水しぶきをあげて猛スピードで走るボートを見るたびに「震洋」を思い出します。無駄《むだ》なことをした、犠牲者を多く出した「震洋」は、できれば思い出したくない。

兄 「特攻隊」を賛美《さんび》する人たちには腹が立つね。その痕跡《こんせき》は今も私たちの身近にある。「政治は権力だ」という考え方が世界中ではびこっている現代、これからの日本の行き先が心配だよ。

弟　トランプ大統領みたいな人間といつまでもつきあっていると、そのうち日本も大やけどをしないかと気になりますね。

ところで、当時、密かな話として「人間魚雷」というものもありました。兄さんたちが行くことになる「回天」のことですが、「なんでも人間を炸薬《さくやく》（火薬）とともにドラム缶に詰め込んで、上からボルトを締めてしまうそうだ」という怪しげな話でした。

でも誰も見たわけではないし、いささか滑稽《こっけい》でしかも陰惨《いんさん》な話なので、話題はそれっきりになりました。

ところで、学生隊長の田口大佐から聞いたその夜、私は分隊長室に行き志願の意思を伝えました。温厚な分隊長は「一時の感情ではないのか」と静かに質問されました。家庭の事情も聴かれました。「私は10人きょうだいの10番目と末っ子で、父は退役陸軍軍人だから継ぐべき家業もない。いわゆる後顧《こうこ》の憂《うれ》いなき者という条件にピッタリです」と答えました。

あとで分隊全員を集めた席で分隊長が声をあげて泣いたのを覚えています。

軍隊というと、先ほど兄さんが小便所の例を挙げられたように、一般には陰惨なイメージしかありませんが、分隊長は思いやりのある方でした。

このように分隊長が私たちの前で臆面《おくめん》もなく涙を見せたということは、海軍内部でも特殊任務が必ずしも積極的な支持を得ていないという証拠です。

では、なぜ、私たちは志願したのか、後世《こうせい》の人たちから問われることになります。

名乗り出るまでには、もちろん考えました。このまま航海士になって艦艇に乗れば、一番危険な艦橋（高所に設けられた指揮所）で死ぬことになる。同じ死ぬならいっそのこと体当たりして敵に確実な打撃を与えたほうがいいではないか。後世の人たちに笑われそうだが、その当時の私は、もうそんな考えに取りつかれていました。

兄さんと汽車の中で話し合った頃と違って、もはや大きな流れの中に入り、その流れのままに泳いでいるような感じでした。

兄　熊が言うように、海軍は特攻隊への「志願募集」をしたのであって、決して「命令」ではなかった。

ただ、当時の雰囲気からして「私は応募しません！」とはとても言えるような状況ではなかった。拒否は即「天皇のためには死ねません」と言うのと同じだから、心の中では思っていても、表立っては、とても言えなかった。「海行《うみゆ》かば水漬《みづ》く屍《かばね》、云々」の精神教育で毎日しごかれていたからね。たしかに形の上では強制ではなく自由意思であったが、あの海軍で拒否することはきわめて困難だった。「強制」とほとんど同じと考えていいと思う。それでも中には応募しなかった人も何人かいたようだ。

弟　そうですね。「死んで来い」という命令ではありませんでした。あくまでも自発的に志願してやっているという建前を貫く必要がありました。非人道的なことをやっているわけだから、そうしておかないとまずいという軍部の思惑があったわけです。

上官は「強制ではない」と言いつつ下に迫る。下は重圧の中、上官の意向を忖度《そんたく》（推《お》し量《はか》る）する。その結果、多くの若者たちは志願しました。

陸軍の特攻に大きな影響力をもっていた総理大臣の東条英機（１８８４〜１９４８）が陸軍の飛行学校を訪れたとき、生徒たちにこんな質問をしたそうです。

「敵の飛行機は何によって落とすか？」

「高角砲や機関銃です」

「銃によって撃墜《げきつい》すると考えるのは邪道である。どこまでも魂によって敵にぶつかっていかなければ敵機を落とすことはできない。その気迫があって初めて機関銃によって敵機を撃墜できる。自分の命を投げ打ってこそ、自分の組織とか自分が所属する共同体に貢献できる価値が高い。だから自分の命を捨ててまで特攻するのは、その発露《はっろ》だ」

このように、日本は軍全体で特攻を押しすすめたんですね。

ドイツでも特攻はありましたが、ドイツの場合は、目的に的中すればいいわけですから、途中パラシュートで脱出してもかまわない。日本の場合は、的中するとわかっていても、特攻機と一緒に必ず死ななければいけない。

兄　すでに述べたように、私はこの戦争でほとんどの兵士が死ぬに違いないと考えていた。『西部戦線異状なし』の主人公やその仲間たちのたどったと同じ運命が自分たちにも定められているのだと思い込み、それはもう避《さ》けられない必然だと覚悟していた。

そして、どうせ死ぬなら一発ドーンと行ってやれ、と踏み切ったのだ。『西部戦線異状なし』が、こんなところにも影響していた。

それに、熊が言ったように、「どうせ死ぬのなら敵と刺し違えて死にたい」とも思った。私は、「日本はきっと負けるだろう、勝てるはずがない」と確信していたが、やはり、負けたくはなかったのだよ。

実を言うと、応募した理由に、もう1つ、不遜《ふそん》な動機があった。「対潜学校」は、海軍の中でも一番締め付けのひどいところだろうと勝手に思っていた。今、思い返してみると、別に客観的な証拠があってのことではなかった。ただ、頻繁《ひんぱん》に行なわれる「修正」（鉄拳制裁）もだが、愚にもつかぬ忠君愛国と軍人精神の「精神教育」が横行する学校生活にウンザリしていた。

私は「対潜学校」の生活にホトホト愛想を尽かし、1日も早くここから逃れたいと強く思っていた。実は、海軍はどこでも同じようなものであった。のちに行くことになる山口県光市にある回天隊の光基地などは、「対潜学校」どころではない野蛮が日常化した陰惨な世界だったが、そのときは、そんなこと知らないから、応募の先に何か一条の光明を見いだしたような気になっていた。

2人の劇的な出会い

弟　ところで、『特攻』（新日本出版社）で「秋の太陽に照らされてピカピカ光っている唐辛子《とうがらし》」のことを書いていますね。

兄　私はすぐに採用され、行く先の部隊で何が待っているかわからないが、とりあえず「対潜学校」をおさらばできることになり、いささか晴れ晴れとした気分だった。そして、「対潜学校」での最後の上陸（海軍では休日に隊を出て町に行くことをこう呼んだ）があった。

校門を出て神奈川県久里浜の駅に向かう途中の農家の軒先に真っ赤に熟したピーマン型の唐辛子がいくつかぶら下がっているのが目についた。それが、秋の太陽に照らされてピカピカ光っていたんだよ。

私は、その鮮やかな緋色《ひいろ》に目を奪われて、しばらくの間、そこに立ち止まって眺《なが》めながら、一種の解放感を味わったことが今でも忘れられない。だが、その解放感には、自分の一生でこういう光景を見るのは、これが最後になるだろうという感傷を伴っていた。

その後、教官引率のもと、まず東京へ行った。そこで何をしたのかよく覚えていないが、同僚の神津直次《こうずなおじ》によれば、宮城《きゅうじょう》や靖国神社《やすくにじんじゃ》を参拝したあと、明るいうちに東京駅から汽車で出発した。

なぜ明るいうちだったかを覚えているかというと、列車が三田のあたりを通過するとき、母校である慶應の見慣れた赤煉瓦の図書館が見えたからだ。あの図書館で私は、自分で持ち込んだ本を熱心に読んだものだった。座席の前には福沢諭吉《ふくざわゆきち》（１８３５〜１９０１）の『学問のすすめ』だったか『福翁自伝』だったかの、黒檀《こくたん》のように真っ黒な木版がはめこんであった。

玄関を入ったところのステンドグラスには有名な『ペンは剣よりも強し』というラテン語の格言が掲げられていた。慶應は、それをモットーとしていたはずだ。帽子の徽章《きしょう》もぶっちがい（交差させること）のペン先ではなかったか。

それなのに、自分は一体何をしているのか。これまで何を学んできたのか。あまりにも自分の情けなさと、これが、あの建物の見納めになるだろう、などといった複雑な感慨を催さざるを得なかった。

それからの道中のことはほとんど覚えていない。どこかで乗り換えたりしたのだろう。なんという駅で降りたのかさえ覚えていないのだが、とにかく到着したのは長崎県の川棚町にある「臨時魚雷艇訓練所」というところだった。

弟　兄さんが降りたのは、川棚町にある小串郷《おぐしごう》駅です。現在のJR九州大村線の駅です。小串郷駅のすぐ前はもう海でした。赤い弁天さんの見える小島が散らばっていました。臨時魚雷艇訓練所は、文字どおり魚雷艇乗員を教育するためにできた施設です。

そこで、劇的な出会いがありました。同じく特攻要員となった兄さんとバッタリ顔を合わせました。お互いに「なんだ！」という一種の表現しにくい笑いがこみあげてきました。

「いつ出撃するか」と神経が高ぶっていましたから、兄さんと出会ったのには驚いたなんてもんじゃなかったです。

兄　まったくだ。まさか、熊とあそこで偶然に会うとはな。熊も私と同じようにに「特殊兵器」要員として、私より先にやって来たんだったな。私は「回天隊」で、熊は「震洋隊」ということで隊は別だった。

ところで、「回天」とはなんだろうと思ったが、どうも「天を回《めぐ》らし戦局を逆転させるため、人間を魚雷にした」らしいという話だった。

弟　小串郷駅に出迎えた士官の自転車には「回天隊」と書かれた札が付いていいました。私も「回天」という言葉は初めて聞いたのですが、異様に感じました。

兄　熊の「震洋」は、ポンド（海）にたくさん繫《つな》げられている緑色の小さなボートだということで、これは沖のほうにいくつか高速で走り回っているのが見えた。近くで見たときはビックリした。経済的に安く仕上げようとしたのだろう。船体は、何しろ安物のベニヤ板だからね。

弟　「震洋」とは、要するにベニヤ板製の高速艇で、頭部に250キロの炸薬《さくやく》（砲弾・爆弾などを爆発させるために中に詰めておく火薬）を仕掛け、敵艦船に衝突して撃沈するという兵器です。

概略ご説明すると、1人乗りは、長さ5・1メートル、重さ1・4トン、馬力67、速力23ノット。2人乗りは、長さ6・5メートル、重さ2・4トン、馬力134、速力25ノットです。

エンジンは、自動車エンジンの転用ですから、大量生産が可能であり、日本海軍は、米軍上陸を阻止するために輸送艦や上陸用舟艇を水際で撃沈する兵器として期待を賭《か》けたのです。

しかし、あとでわかったことですが、米軍はフィリピン戦（1944〜1945）時点で日本軍の震洋艇の存在を知り、「suicide boat」（自殺艇）と呼んで、輸送艦の周りに魚雷艇を配置し、防材を浮かべ防御網を設置するなど、防御方法を講じていました。

回天や特殊潜航艇は敵艦船の所在地に向けて攻撃できますが、震洋は米軍の上陸が予想される地点に配置されて、上陸を待つしかないわけです。ですから、上陸前の大空襲や艦砲射撃で震洋艇を破壊されたなら、震洋艇の存在意義がなくなってしまいます。

それでも私たちは、川棚に着いてすぐ震洋隊についての講習を1か月ほど受けました。震洋艇は簡単な構造ですから取り扱い方はすぐに呑《の》み込めました。航続距離も短いから地形を見ながら航海する。

ただ小艇だから風波や潮流等の影響を強く受けてしまいます。それに、基本的には夜襲を想定していたので、夜間の訓練に重点を置くことになります。こうして1か月ほどでひとかどの震洋搭乗員になることができました。

しばらくして予科練習生が震洋隊の訓練を受けるため大勢やって来ました。彼らは陸の航空隊で基礎教育を受けただけだったから、艦船や海上生活についてはまったくの未教育です。

そのため私たち予備学生・生徒が震洋艇に乗り込んで手取り足取り教え込みました。練習生たちは間もなく二等飛行兵曹に任官し、それを追うように私たちも少尉、少尉候補生に任官しました。

その頃、私は講習員に対して航海術の座学までやりました。東京湾と大村湾しか航海の経験のない私にとってまったくの厚顔の話ですが、航海学校から来たということで、拒否できない役割でした。

兄　この川棚に私は約1か月ほどしかいなかった。対潜学校と違い、ここでは訓練はあってもそれほどのことではなかった。教官もいたはずだがどんな教官だったか覚えていない。ひどい締め付けはなかったのだろう。上陸（海軍では休日に隊を出て町に行くことをこう呼んだ）は毎週日曜日にあった。「対潜学校を出たのは正解だったな」と内心ほくそえんでいた。

上陸日には熊とともに汽車で近所の町に行って、海軍ご用達だという料理屋に上がり、刺身、焼き魚、唐揚げなど手当たり次第に注文し、畳の座敷で腹一杯詰め込むのを楽しみにしたな。

そんなある日、どちらからともなく、「2人で写真を撮って大連の実家へ送ろうではないか」ということになった。私は「回天」、熊は「震洋」でそれぞれ遠からず死ぬことになるのだし、兄弟2人でこんなことをするのはこれが最後だろうから、2人揃って遺影《いえい》を送ってやろうではないか、ということになった。

11月下旬、私は先発組として山口県の光基地に行くことになった。1か月後にやって来る後発組の神津直次によると、「自分たちが搭乗することになる回天には果たして『脱出装置』がついているのかどうか」が問題になっていたそうだが、私の記憶にはない。先発組と後発組との間で暗号が取り決められて、先発組が光で実物の回天を見て「脱出可能か不可能か」をハガキで後発組に知らせることにしていたそうだ。

死を覚悟しているとは言っても、少しでも生還の可能性があるのであれば、いくらか希望がもてる。知らせは「不可能」で、川棚の後発組は大いにがっかりしたそうだ。

光駅で下車した私たちを現地では大いに歓迎してくれた。それぞれが持っている手荷物は迎えのトラックで運んでくれるというので「これはありがたい！」と思った。ところが、喜びもつかの間、言語に絶する回天隊のしごきがここから始まった。

私たちは何列かの縦隊を組ませられた。そしていきなり「駆け足」である。海軍の駆け足は早駆けに近いが、ここの駆け足はほとんど全力疾走だった。私たちは第一種軍装（冬季の制服）で短剣を吊《つ》っている。短剣がぶらぶらしないように左手で押さえていなければならない。それに11月下旬で寒い中を夜行列車で一晩過ごさなければならなかったため、みんな厚いゴワゴワした冬の股引《ももひ》きを履《は》いていた。そのため走りにくいことおびただしい。

「遅いっ！」「何モタモタしてるんだ！」とそばを走りながら怒号を浴びせている少尉や中尉たちは軽装だ。息も絶え絶えになりながら20〜30分も走ったろうか。やっと衛門を通過して広い練兵場に入った。「やれやれ」と思ったら、駆け足はまだ終わらなかった。さらにスピードを上げて練兵場を3周させられてやっと停止。

そして「貴様たち、だらしがない。この回天隊の軍紀厳正なること大和、武蔵以上。貴様たち、ここに入ったからには、腐った性根《しょうね》を叩き直してやるから覚悟しろ！」とお説教の末、お定まりの「修正」（鉄拳制裁）だ。これは回天隊の新入者に対するたんなる通過儀礼でしかなかった。

弟　兄さんたちは、そのあと想像を絶する「修正」を経験することになるんですね。

「これが貴様たちの棺桶だ」

兄　「修正」などというきれい事ではなかった。上官たちの残忍な目つきは今でも忘れないよ。

「対潜学校の締め付けを逃れるのだったら特攻でもいいや、というあまり褒《ほ》められぬ動機もあって志願してきたつもりだったのに、こりゃとんでもないところに来てしまったな」と気がついたが後の祭りだった。今さら対潜学校に戻るわけにはいかない。なんとかここでやっていくしかないと腹をくくったよ。

光基地に到着してひどい目に遭った翌日、私たちは引率されて回天の整備工場に回天兵器そのものを見に行った。そのときに受けた衝撃は終生《しゅうせい》忘れることができない。

その怪物は、ガランとした整備工場の中の低い台に載せられて鎮座《ちんざ》していた。なんという不気味《ぶきみ》な物体だろう。形は巨大な魚雷のようで、うしろの端には二重反転のプロペラがついている。真っ黒な肌理《きめ》の粗《あら》い鉄でできていて、上っ面《うわつら》は白く塗《ぬ》られている。真ん中辺りに小型の潜望鏡（「特眼鏡」といった）が上に向かって突き出ていた。「これは人が乗るものだ」ということを示している。

私は回天隊などに来る前から、いや海軍に入る前から、「自分たちに生の未来はない」ものと考え、それなりに覚悟してきたつもりだった。しかし、この巨大な物体を目にしたときの衝撃をなんと表現したらいいか。

「これが貴様たちの棺桶《かんおけ》だ」と言われたことは一生忘れられない。「貴様たちの首を斬《き》るギロチンはこれだ」と言われたような気分だった。

また、回天を見て、「これは人間魚雷だ」ということはすぐにわかった。自分が死刑囚だと知っていても、「お前の処刑に使う絞首台はこれだ」と見せられたら、やはりこんなショックを受けるだろう。これから自分の「分身」として親しまねばならないのはこれなんだ。私はこの中に入って死ぬんだ、これが私の「棺桶」なんだ。誰もが黙りこくっていた。

上部にあるハッチを開いて中を覗《のぞ》き込んでみた。「本当にここに人が入れるのか？」と疑われるような狭さで、もちろん脱出装置らしいものは影も形もない。特眼鏡やわけのわからぬ計器や機械類が所狭しと配置されているという無機的で無愛想きわまる光景が事の本質を雄弁に語っていた。「お前らの命は塵《ちり》芥《あくた》と同じなんだぞ」これが私たちの回天との初対面だった。

光基地に向かう汽車の中で、自分たちの乗る回天というのはどうやら自爆兵器らしいとはみんな悟っていたのだが、それでもこんな会話が交わされていた。「体当たりをやって死ぬんだから、人生最後の門出にふさわしく、座席なんかは立派な応接間みたいなやつなんだろうな……」。私も「あるいはそんなことも……」などと想像していた。なんという甘い期待をしていたことだろう。

最後の抵抗として生み出された回天は、魚雷を人間が操縦する「特殊兵器」のことだ。「回天は魚雷を的中させれば百発百中」という発想で考えられた化け物だよ。魚雷の「3倍」もの爆薬を積み「空母」をも撃沈できると言われていた。

回天は、潜水艦に搭載されて出撃する。その後、潜水艦から切り離され目標の敵艦に接近、500〜1000メートルくらいに近づくと1度浮上、潜望鏡で敵艦の位置やスピードを瞬時に計算、そして再び海に潜《もぐ》るとコンパスと時計だけを頼りに敵艦目がけて突っ込んでいく。

しかし、潜望鏡で敵艦の方角やスピードが一瞬でわかるわけがない。だから「あてずっぽう」でやるしかない。命中したら「奇跡」だよ。

そんな兵器に頼らざるを得なかったんだから海軍ももうおしまいだった。上官は「目を瞑《つぶ》ってでも当たればいいんだ」ぐらいにしか思っていない。

私たち1379人は、1944（昭和19）年の秋から回天の訓練を受けたが、いつも死と隣り合わせだった。乗り物でないものを無理やり乗り物にしているからどうしても無理がある。訓練中による死者は15人。命がけの訓練が続いた。

１９４４年11月８日、山口県周南市《しゅうなんし》の大津島《おおづしま》から回天が初めて出撃した。それから回天特攻作戦が始まった。回天を載せた潜水艦が大津島から次々と出発していった。

終戦まで出撃した回天は80隻、撃沈できた敵艦で確認できているのは３隻のみ。

次の頁にあるのは、スイスの在外通信員であるバルバラ戌亥（イヌイ）女史が２０１５年に私のところへ訪ねてきて書いた新聞記事だ。タイトルは「上司は『これはお前らの棺桶だ』と言った」になっている。

Kriegsschiff «Yamato» wurde scherzhaft «Yamatohotel» genannt, weil es sich da so komfortabel wie in einem Hotel leben liess.

aus dem Jahr 1944: Die Brüder Tadakuma und Tadamasa Iwai.

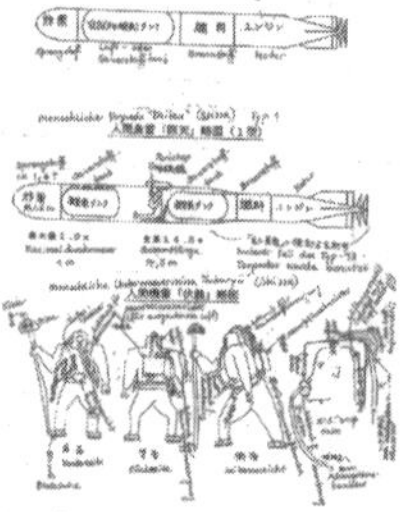

Skizzen des Torpedos des «Kaiten» und des «Fukuryū».

Der «Kaiten» war ein knapp 15 Meter langer bemannter Torpedo mit einem Meter Durchmesser.

e hat oder nicht. Als dann eine Post- Code für «keine Flucht[lu]ke» kam, iterer grosser Schock gewesen. In dass dies ihr letztes Zusammensein sich die beiden Brüder zusam- Fotostudio ablichten, bevor sich der trennten. Der ältere Tadamasa h zum ersten Mal die Torpedos, die Kameraden lenken sollten. Der Ver- hte auch die letzten Hoffnungen verhehlen sagte: «Das hier ist euer ich war der «Kaiten» eine grausame Torpedo hatte nur einen Vorwärts- Motor konnte nur einmal angelas- as machte es praktisch unmöglich, hiff oder U-Boot zurückzukehren, hicksal des Lenkers besiegelt war, sein Ziel nicht traf. Tadamasa Iwai derangriffseinheit sei «unmensch- e viele andere hatte er in stiller Ver- Schicksal akzeptiert.

45 wurde Tadakuma Iwai und seine ren «Shin'yō»-Booten verschifft. Sie en Inseln Okinawas zum Einsatz h zu diesem Zeitpunkt war die See um Okinawa bereits weitgehend unter amerikanischer Kontrolle, und es wimmelte nur so von feindlichen U-Booten. Tadakuma Iwais Transportschiff wurde am 23. März von einem Torpedo getroffen und sank. Zum Glück konnte er schwimmen. Sich an Holztrümmern festhaltend war es drei Stunden lang in voller Ausrüstung im kalten Wasser getrieben, bis ihn ein auf dem Rückzug befindliches Minensuchboot an Bord nahm. Von den 187 Mann der Sonderangriffseinheit hätten nur 45 überlebt. Tadakuma Iwai kam wieder in die Nähe Nagasakis, wo er auf seinen nächsten Einsatz wartete.

Ebenfalls im März erkältete sich sein Bruder beim Training. Er wurde mit Verdacht auf Tuberkulose von seiner Einheit entlassen und in ein Militärspital in der Nähe von Hiroshima geschickt. Der Verdacht auf Tuberkulose erwies sich aber als falsch, und so wurde Tadamasa Iwai zu einer anderen «Tokkōtai»-Einheit eingeteilt.

«Lauernder Drache»

Wenn Professor Iwai auf «Fukuryū» zu sprechen kommt, zeigt er sich auch heute noch darüber entrüstet. «Dass es auf dieser Welt so etwas Idiotisches gab», sagt er nur. «Fukuryū», auf Deutsch «lauernder Drache», war eine Art Taucherausrüstung, die mit Blei beschwert war, so dass der Träger auf dem Meeresboden gehen konnte. Mit einem fast 60 Kilogramm schweren Sauerstoffgerät und einem langen Bambusstab, der an der Spitze mit Explosionsstoff versehen war, sollte er alliierte Landungsboote von unten her angreifen. Doch schon beim Training gab es Probleme mit dem Sauerstoffgerät. Die Soldaten atmeten versehentlich Abgase ein und verbrannten sich die Lungen. Die Waffe kam letztlich nie zum Einsatz, doch beim Training starben 50 Mann. Auch Tadamasa Iwai verletzte sich und wurde erneut hospitalisiert. In der Zwischenzeit hatten die Amerikaner Okinawa erobert und bereiteten sich auf die Invasion der Hauptinseln vor. Tadakuma Iwai musste erneut jeden Tag mit seinem Einsatz rechnen. Doch nach den Atombombenabwürfen in Hiroshima und Nagasaki kapitulierte das Land, das noch am 28. Juli ein Ultimatum zurückgewiesen hatte.

Bis zum Schluss habe es keine Informationen gegeben, erzählt Professor Iwai. Für die Bevölkerung habe der Krieg wie aus heiterem Himmel angefangen und sei ebenso plötzlich wieder zu Ende gewesen. Dass es Kapitulationsverhandlungen gegeben hatte, vernahm er erst nach dem Krieg. In der Regierung habe Chaos geherrscht. Das Kabinett kam mit 15 gegen 15 Stimmen zu keinem Beschluss, so dass letztlich dem Kaiser die Entscheidung überlassen worden sei, der umgehend die Kapitulation bekanntgab. Eigentlich sei es Ironie, dass der Tennō, in dessen Namen er in den Krieg geschickt wurde und für den er sein Leben hätte opfern sollen, ihn am Ende gerettet habe.

Er empfand es als aussichtslos, sich als Einziger zu wehren.

Das Verlangen, die genauen Fakten zu erfahren und den Prozess dieses «törichten» Krieges zu verstehen, gepaart mit dem Wunsch, sein persönliches Verhalten sowie das seines Landes kritisch zu überdenken, hätten den emeritierten Professor zum Geschichtsstudium geführt. Dass er persönlich einfach alles mitgemacht habe, empfindet er als «jämmerlich». Auch den heute 93jährigen Tadamasa Iwai quält es immer noch, dass er sich einfach fügte, ohne jeglichen Widerstand geleistet zu haben. Damals empfand er es als aussichtslos, sich als Einziger zu wehren. Doch rückblickend weiss er, dass noch viele Andere gleich dachten. Er wolle nicht, dass die Jungen heute den gleichen Fehler machen würden wie er. Deshalb wird er nicht müde, von seinen Erlebnissen zu sprechen und auch auf gefährliche Veränderungen in der jetzigen Verteidigungspolitik Japans hinzuweisen. Tadakuma Iwai appelliert ebenfalls an die Jungen. Er meint, es sei ihre Verantwortung, aufzupassen, dass es keinen Krieg gebe. Das sei in ihrem eigenen Interesse, denn schliesslich würden sie als erste eingezogen. Er in seinem Alter müsse nicht mehr einrücken, sagt er mit einem Lächeln. Aber er wolle trotzdem weiterhin von seinen einschneidenden Erfahrungen erzählen.

* Barbara Ito wurde 1961 in Zürich geboren und wuchs in Wil auf. Nach der Sekundarschule besuchte sie die Kantonsschule Wattwil, also sie an die damalige Hauswirtschaftsschule in Rorschach ging. 1980 lernte sie ihren späteren Mann, einen Japaner, auf einer Reise in Finnland kennen. 1986 reiste sie, um zu heiraten, nach Japan, wo sie seitdem in der Provinz Nara, in der Nähe von Osaka, auf dem Land wohnt. Dort erteilte sie zu Beginn Unterricht in Deutsch und vor allem Englisch. Vor vier Jahren begann sie, über die verschiedenen Kulturen Japans und der Schweiz zu schreiben.

の棺桶だ』と言った」

生きるも死ぬも地獄だった漂流

弟　1945（昭和20）年春頃です。海軍水雷学校校長の大森《おおもり》仙《せん》太《た》郎《ろう》中将（1892〜1974）がやって来て私たち若い士官（少尉以上の士官で将校ともいう）を集め、頭を深くたれ次のように言いました。

18　9. August 2015

Heute vor 70 Jahren warfen die Amerikaner die Atombombe auf Nagasaki. Sechs
später gab Kaiser Hirohito die Kapitulation Japans bekannt. Er rettete damit unter a
den Brüdern Tadakuma und Tadamasa Iwai das Leben, die Selbstmordkommar
angehört hatten. In ihren Erinnerungen sprechen sie von einem «törichten» Kr

Und der Vorgesetzte sagte
«Das hier ist euer Sarg»

Auch die Studenten werden rekrutiert

Torpedos, die nicht explodierten

Freiwillig gemeldet

Nach Nagasaki transferiert

Sie bemühten sich darum, keine Fehler zu machen.

スイスの新聞（2015年）。タイトルは「上司は『こ

「我々が不甲斐《ふがい》なくて戦争はどうにもならない戦局に陥《おちい》った。ここで戦局を挽《ばん》回《かい》するためには諸君に死んでもらうほかなくなった。はなはだ申し訳ないが諸君に死んでほしい」

そう言って大森中将は再び頭を深く垂《た》れました。今から言えば浪花節的な芝《しば》居《い》だと評することもできるでしょう。しかし、大森中将は真情（まごころ）を述べたと私は思っています。

戦後に知ったことですが、実は海軍特攻部というものが存在し、大森中将は水雷学校校長と特攻部長を兼任していました。特攻部の存在は秘密にされていたため私たちも知りませんでした。

海軍上層部でなり手のなかった特攻部長を大森中将に圧《お》しつけ、大森中将は水雷学校校長の兼任等の条件をつけて承諾したらしい。大森中将のあの発言は、今から思えば校長としてではなく、特攻部長としてなされたものだったでしょう。

「水雷の神様」としての大森中将の名前は私たちも聞き及んでいました。そんな上層部の人の顔を見る機会などめったにあるものではない。そんな人から、こういう頼み方をされては、あの当時の青年士官で「嫌！」と言えた者はいなかったのではないか。批判を怖《おそ》れずあえて言えば「男として」これに従わないでおれるかというのがあの当時の私たちの心情でした。「あなたたちは上手く乗せられたのだ」という批評は甘受《かんじゅ》せざるを得ません。

沖縄上陸を目論《もくろ》むアメリカ軍を迎撃するため震洋を載せた輸送船・道了丸が沖縄の石垣島を目指しました。私は、187名の「第二艇隊長」に任命されていました。

私が「艇隊長」を務める第三九震洋隊は隊員・兵器とともに道了丸に乗ってほかの船団とともに五島列島の富江湾《とみえわん》に向かいました。佐世保を出たときから「合戦準備」です。富江湾には停泊したまま、たしか3晩過ごしたと思う。

1945（昭和20）年3月22日午後4時、富江湾を出発して間もなく低気圧が船団の北方を通過した影響で風浪《ふうろう》（風と波）が激しく、船体は左右30度を超える動揺がありました。しかし私たちは緊張のせいか、それまでの海上訓練の成果か、まったく船酔いを感じませんでした。

午後6時35分、船団の姫島丸が米潜（アメリカの潜水艦）に雷撃（魚雷で艦船を攻撃すること）されたが被害はありませんでした。たぶん、その頃から船団は米潜につきまとわれていたのでしょう。

翌23日も同様に荒天だった。灯火管制の下での炊事を嫌って船の夕食は早い。その時間、当初は私が艦橋（高所に設けられた指揮所）の当直につく予定でしたが、ちょっとした事情で予定が1時間繰り下げになり私は食後のそれまでの時間を士官室にいました。

午後5時10分、猛烈な爆発音と衝撃で、私は吹っ飛ばされて床上に転《ころ》がされました。立ち上がって走り出しラッタル（梯子《はしご》）を飛び降りて露天甲板に出てみると、そこは血だらけになった兵士たちの地獄のような光景でした。

艦橋はすでにありませんでした。右舷に魚雷が命中したことは明らかでした。しかし私の位置から左舷に達する中間では、機関室から蒸気が猛烈な勢いで噴き出ていました。

こうした場合、左舷から脱出するのが当たり前なのですが、蒸気に妨げられて左舷へは行けません。見る見るうちに船が沈んでゆき、私の立っていた右舷のすぐ下まで水面が迫ってきました。

「総員退去！」の命令を出すべき艦橋は破壊されて既にないのだから、各自の判断で脱出するほかない。居合わせた船の一等航海士と「がんばりましょう！」と声を掛け合った。

「死んでたまるものか！」というファイトを燃やしながら、足下の海に飛び込みました。なかば投げ込まれたと言ってもいい。それほど船は立っていられないほど傾いていました。

こうして九州南西350キロを航行中、アメリカの潜水艦から魚雷が発射され命中、目的地に着く前に私たちが乗っている輸送船・道了丸は撃沈されました。

「沈むぞ！　みんな飛びこめ！」と部下たちを誘導し、寒い東シナ海に飛びこんだのです。のちに調べたところ、この日の気温は13度、水温は15度でした。

「船に巻き込まれるぞ！　船から離れろ！」と部下たちに必死に声をかけました。震洋で特攻することもなく輸送船が目の前で沈んでいきました。

一緒にいたほかの艦船からの観測によると雷撃は2発だったらしいですが、私たちは無我夢中だったせいか、爆発は1度としか感じていませんでした。また私は長い間、道了丸が沈むのに1分27秒かかったと思いこんでいましたが、公式の記録はみな25秒となっている。完全な轟沈《ごうちん》だったことになります。

飛びこんだときには少し海水を飲んだようでしたがすぐに立ち直り、浮いている木片につかまり、次々に大きな木材に移ってはつかまっていました。

炎上した道了丸は船尾を垂直に立てて沈んでいきました。推進機（スクリュー）は最後まで回っていました。

私は子どもの頃から、いつも兄さんのあとを追いかけて海で遊んでいたから泳ぎは達者でしたが、さすがにあの荒天ではとても泳げない。まして私は遭難に備えて厚着していたからなおさら泳げない。ただ木材につかまって流されるだけでした。

最後には、近くで泳ぐ兵に呼びかけてかなり大きな木材に7人ほどつかまっていました。波浪《はろう》とうねりで私たちの位置は大きく上下する。高くなったときは無事だった船団が見えるが、低くなったときは波浪の高さが数十メートルあるように見えた。

そんなはずないのだが、生死がかかった異常な事態の心理でこんなに高く見えるのだろうかと感じたことを覚えています。ビルなら何階ぐらいの高さになるだろうかと試算までしてみました。
泳ぎ始めて間もなく海中が「ドカンドカン」という音とともに揺れ動いた。護衛艦が近くの海中に潜《ひそ》んでいるはずのアメリカの潜水艦を爆雷で制圧している。しかしその音もやみ、辺りが暗くなった頃、船団も護衛艦も視界から消え去りました。
こうなると心細いものです。このあと救助作業は行なわれるのだろうか？爆雷で制圧したといっても、付近にまだ敵潜水艦がいることは確実なのだから、そこで低速にして救助作業をやるのはかなり危険だ。敵からしたら格好の目標となる。

兄 よくそんな状況でもちこたえたな。

「母さん、元気にしているかな」

弟 兄さんと子どもの頃から海で遊んだおかげで私は泳ぎが得意でしたから

「俺たちは絶対生きて帰るぞ！」と必死に部下たちを励まし続けました。

家族に会うことも叶《かな》わず無念の死を遂げていく若者たち。艇隊長として部下の誰1人として見捨てることはできない。でも生き残っていても地獄でした。凍《こお》りつくような寒さが体温と体力を奪っていったのです。1時間、2時間経っても、一向に助けは来ません。

そんなとき、私の脳裏《のうり》に浮かんだのは「母さん、元気にしているかな。最後に会ったとき、母さん、寂しそうな顔をしていたな。なんで大切な人を悲しませて死んでいかなきゃいけないんだ。こんなところで死ぬわけにはいかないんだよ」

ということでした。

私は母親が43歳のときの子どもで、怒られた記憶は1度もないほど母親はやさしい人でした。

しかし、体力の限界でした。1人、また1人と仲間たちが力尽きて沈んでいったのです。

こうして3時間ばかり海を漂っていたとき、低速の護衛艦が近寄って来るのが見えました。明らかに救助作業をやっている。私は音頭《おんど》を取り、同じ木材につかまっている者と「オーイ！」とありったけの声を張り上げて位置を知らせました。

護衛艦は私たちのそばまでやって来ましたが、この荒天では短艇を降ろすこともできない。甲板《かんぱん》の上からカウボーイのようにサンドレッドという太い索（つな）を投げてくれた。私たちはようやくつかんだその索を握っているだけだ。とても泳げるような海面ではなかった。

それでも、やがて波浪が私たちを護衛艦の甲板に押し上げてくれた。乗組員が両側から脇を抱えて温かいエンジンルームに連れていってくれた。3月の海水は冷たい。3時間も海に漂っていた私たちの体は冷え切っていました。とにかく温まることが必要だった。

水没で私がいた第三九震洋隊は187名のうち45名だけが生き残りました。助かった者にも負傷者が少なくなかったが私は無傷だった。もし当直の日程が予定表どおりだったら、あの時間に私は艦橋で死ぬところでした。艦橋にいた人物は1人も助かっていない。救助された者の中に遭難7度目という下士官

（士官の下、兵の上）がいた。周りから「7度ともなるとやられても落ち着いたものだろう」と言われていたが、「いやぁ、そんなことはありません。その都度狼狽します」と答えていた。「泰然自若《たいぜんじじゃく》とした歴戦の勇士」などという話は、私は信用しません。

乗組員39名、警戒隊員21名、第三九震洋隊員を含む260名の海兵が水没戦死しました。

米機動部隊が沖縄に接近したとの情報で、24日に残った船団は北上避退（退避）し、翌25日にいったん再び冨江に入港した上、同日に佐世保に帰港しました。その日は米軍が沖縄の慶良間諸島《けらましょとう》に上陸し沖縄戦が始まる日だった（本島上陸は4月1日）。もし船団が予定どおり那覇《なは》に寄港していたら、私は確実に沖縄本島で戦死したでしょう。亡くなった方々には本当に申し訳ないですが、私たちは船を撃沈されたおかげで命が救われたのです。

私は1996（平成8）年11月、琉球大学での研究会の帰途、那覇からフェリーボートに乗り深夜、遭難現場に最も近寄ったと思われるところで花束を海中に投じ、水没者へのささやかな鎮魂《ちんこん》としました。

兄　私は横須賀の特攻部隊に所属して出撃の機会を待っていた。

そんなとき「岩井忠正少尉ですか？　震洋を載せた輸送船がアメリカの潜水艦に撃沈され岩井忠熊少尉が戦死されました」との報告を受けた。

突然届いた弟・熊の訃報《ふほう》。

「熊、がんばったな。小さいときからいつもあとを追いかけてきてよく近くの海で一緒に泳いだな。勉強が好きで教師になると言っていたな。でも死んだらだめだ。そう言えば、突然再会して、熊が特攻に志願していることを知ったときは本当に驚いたよ。熊、もうおまえがいないとなると寂《さび》しいな。俺もすぐに行くから待ってろよ」

という思いだった。

弟　私は泳ぎが得意で5時間も遠泳したことがあります。187人のうち45人が助かりましたが、体力がない人や泳ぎが苦手な人は死んでいきました。私は表面上は弱々しく見えるようですが生き延びました。逆に立派な体格をした人間が意外と溺《おぼ》れて死んでいきました。
ヴィクトール・フランクル（1905~1997）というオーストリアの精

神科医がいましたね。彼がナチスの強制収容所であるアウシュビッツでの体験を書いた『夜と霧』は世界各国で今でも読み継がれています。「明日ガス室に送られるかもしれない」という絶望的な状況で生き延びることができた人について彼は「頑丈《がんじょう》な人だと思うでしょう。そうではありません。心の繊細《せんさい》な人たちでした」と書いています。

凍《い》てつく海を漂うこと3時間、日が暮れて寒さもより厳しくなり、誰もが意識を失いそうになる中で、私は絶対諦《あきら》めませんでした。「絶対助けが来る。こんなところで死ぬんじゃない！」と部下たちを叱咤激励《しったげきれい》しました。おかげで無事救助されました。

兄　よくがんばったな！

弟　兄さんに海で鍛《きた》えられたおかげですよ（笑）。ところで戦後、中国・大連《だいれん》の両親の消息はまだつかめていなかったんだよね。

兄　そうだったな。おれたち兄弟が無事に帰ってきたというのに、両親の居所は依然としてわからなかった。

弟　でもじっとしているわけにはいかない。生きていくために私は塾の講師をしながら京大に復学しました。

「こんな戦争は絶対に間違っている。日本はなぜ戦争をしたんだ」この疑問を解明するために食費は最低限に抑え、アルバイト代のほとんどを書籍につぎ込みました。

「間違った戦争をした日本」それを紐《ひも》解くために近代史の研究に明け暮れました。「戦争の無意味さを後世に伝えなければならない。そのために生涯を懸《か》けて戦争の真実を伝えていく」そう誓《ちか》った私のところへ「母さんが大連から引き揚げて神戸に嫁いでいた1番目の淑子《よしこ》姉さんのところへ身を寄せている」という知らせが舞い込んできました。

「母さん、母さん、ぼくの元気な姿を見てください」とすぐさま神戸へ駆けつけました。そのときの母さんとのやりとりです。


「母さん！」

「生きてたのね！」

「母さん、良かった！　ところで、この写真届いていたんだ」

「母さん、この写真見て心配していたのよ」

「兄さんと遺影だと思って送ったんだけど」

「そうならなくて良かったわ」

「母さんとこうして会えて本当に良かった！」

「ハマグリ、大好きだったでしょう」

「懐《なつ》かしいね。小さい頃、よく母さんにもらった」

「熊、今、どうしているの？」

「アルバイトで稼いで大学にも通っているから、お金のことは心配しなくていいよ。」

「そうかい。しばらく会わない間に立派になって」


その後、私は高校の教師になったのち、立命館大学の史学科の教授になり、59歳のとき、立命館大学の副学長にも就任しました。

10人の子どもたちを育てた母さんは、孫やひ孫たちに囲まれて穏やかな晩年を過ごし102歳で大往生を遂げました。

兄　母さんは、軍人の妻として何かと苦労も多かったけど、幸せな人生だったと思うよ。

弟　私も、そう思います。

「遺影として家族に送った」
（右：忠正、左：忠熊。1944年11月）

陽気だった三好中尉の死

兄　これまで上官の悪口を散々述べてきたが、熊も語っていたように、上官の中にも威張《いば》り散らしたり理由もなく殴《なぐ》ったりしない好感のもてる人物もいた。三好《みよし》中尉もその1人だった。いつも陽気でサッパリした方で、予備士官だからといって差別などしなかった。

たまに行なわれた演芸会では『向こう横丁のタバコやの　可愛い看板娘　年は十八　番茶も出花　愛しじゃないか』（煙草屋の娘）というのを歌って愛敬《あいきょう》を振りまくような方だった。

ところがこの三好中尉が、ある日の訓練事故で殉職してしまった。彼は水上船舶を目標に襲撃訓練をしていた。上手く目標艦の下をとらえたのは上々だったが、潜航深度が浅かったとみえて、引っ込めたはずの特眼鏡が目標艦の土手っ腹に衝突した。

実戦なら船腹にぶち当たるのだが、これは訓練だからその下を潜《くぐ》りぬけねばならないのだ。回天の搭乗席のすぐ前には特眼鏡の筒が下がっている。時速30マイル（約48キロ）で衝突したものだから、三好中尉は額をしたたかにその筒に打ちつけてしまったのだ。

三好中尉の回天がクレーンで宙に引き上げられ、下のハッチが開けられた。そこからドサリと落ちてきたのは、すでに顔色が蒼白《そうはく》に変わっているが三好中尉に間違いなかった。

あの陽気で先ほどまで元気だった中尉は、1個の動かぬ物体となって私たちの目の前に現われた。私には信じがたい現実だった。

開けられたハッチから中尉の死体とともに流れ落ちてきたのは、赤茶けた水であった。あの色は鉄さびだったのか、血だったのか。

日本には「美人薄命」、西洋には「神々に愛される者は若死にする」という諺《ことわざ》がある。三好中尉の場合、これが当てはまっているように思えた。

塚本少尉が突然訪ねてきた

弟 兄さんを訪ねてきた慶応大学の後輩がいましたね。

兄 塚本太郎《つかもとたろう》君のことだね。1945（昭和20）年1月初めの頃だった。この光基地から潜水艦に回天を積んで出撃が行なわれた。回天搭乗員は私たち光の講習員ではなく、山口県大津島で訓練を受けた者たちであったようだが、搭乗員は私たちの光基地に1泊することになったらしい。

塚本君は出撃の前日、「慶応出の岩井はいるか？」と突然私を訪ねてきた。軍国少年の塚本君だったようだが、やはり生きたいんだよ。

私たちと同じ第四期の学生出身で、回天隊では七期ということだが、私とはまったく面識はなかった。その塚本少尉がなぜ出撃前夜に私を訪ねてきたのだろう。

それは、彼が私と同じ慶應出身だったからだ。どこかで、岩井という慶應出身の男がいると聞いてきたらしい。ただ大学で同窓だというだけで顔を見に来たのだ。

彼は簡単に自己紹介をしただけだった。特別に話があったわけではない。もう自分の死は避けられぬものと諦観《ていかん》しているらしく寡黙《かもく》であった。だが死出《しで》の旅《たび》の前に、娑婆《しゃば》でわずかでもつながりのある者と、そのつながりを確認し合いたかったのだ。この現世《げんせい》のすべてが愛《いと》しかったのだ。もっと生きたかったのだ。

私にはその心情がよくわかった。だが彼になんと言ってやれば良かったのだろう。口に出せぬ無念の思いを胸一杯に包み込んで今死に行く彼に「君国のためだ、がんばってくれ」などとそらぞらしいことが言えるか？「俺も続いて行くぞ」などと言ってもなんの慰めになるか？

私は何も言えず、ただ握手をしただけだった。彼はなんと思っただろう。翌日、彼は潜水艦上の人となって光基地隊員の「帽ふれ」に送られて出航し、とうとう帰ってこなかった。21歳という若さであった。これは今でも胸が痛くなる思い出だよ。

弟　彼は、父親がもっていたレコードに遺書を吹き込んでいたようですね。「父よ、母よ、弟よ、妹よ。そして長い間僕を育んでくれた町よ、学校よ、さようなら。本当にありがとう。（中略）永遠に栄あれ、祖国日本」と。

このレコードの存在を知ったのは、12歳年下で兄と同じ慶應出身である弟の悠策《ゆうさく》さんが、お母さんが亡くなったあと遺品整理をしていたときだそうです。塚本さんの遺書は、前半は「家族との日常生活を懐かしみ」、後半は「決戦にすべてを捧げる覚悟」が滲《にじ》み出ていましたね。

兄 悠策氏は、「兄が玄関先でゲートルを脱《ぬ》いでいたのですがびしょびしょになっていたので、『どうしたの？』と聞いたら、『神宮外苑で行なわれた学徒出陣から戻ってきたところだ』と言ったのを今でもよく覚えている」そうだ。

塚本君は、「学徒出陣」の壮行会のあと、東京・銀座で広告関係の仕事をしておられた父親のスタジオを借りてレコードに「遺書」を吹き込んでいたらしい。戦時下、録音機器は一般的ではなく隊員の音声記録は貴重だ。

水中の格闘技と言われる「水球」だが、イギリス生まれのこの激しいスポーツを日本に導入したのは慶応大学で、１０２年の伝統をもつ水球部に今も伝説として語り継がれているのがゴールキーパーだった塚本太郎君だ。日本代表の選手でもあったようで、慶應水球部の一時代を築いた男だ。

悠策氏によると、人にはやさしく、ユーモアがあり、子どもにも人気があったそうだよ。

そんな塚本君が、戦況が悪化して「これはもう負けるな」と仲間内で嘆いていると、「そんなことを言ってるからだめなんだ！　後輩のためにおれたちが頑張らなければいけないんだ」と仲間たちに怒鳴ったらしい。

塚本君は「特攻」に応募したが、「長男だからだめだ」と落とされたらしい。だが、再度志願して1945年1月21日、西太平洋のウルシー海域で敵艦に突っ込んだそうだ。

戦後、塚本家は自宅のそばで銭湯を始めた。銭湯の屋号は『太郎湯』。戦死した息子の名前から取ったそうだ。悲しみに暮れる母親を見かね、「気晴らしに」と父親がやらせたようだ。当時、銭湯はお客さんたちで溢《あふ》れ、お母さんも忙しさに紛《まぎ》れ、太郎君のことを少しは忘れていることができただろうな。

その銭湯も、今は廃業したようだが、母親が息子を思う気持ちを考えると、与謝野晶子《よさのあきこ》（1878～1942）が弟を嘆いた『君死にたもふなかれ』を思い出す。

天を回《めぐ》らし戦局を逆転させるために開発された「回天」が撃沈した敵艦はわずか3隻だった。「回天」で命を落とした若者は145人。この内、出陣学徒は26人。大学別では慶應が最も多く5人の犠牲者を出した。

敗戦後、若者たちの死を「無駄死にだった」と平気で述べていた上官がいた。「俺たちの不甲斐なさであたら若い命を奪って本当に申し訳ない！」となぜ詫《わ》びることができなかったのか。

「遺書」について

弟 まったく同感です。腹が立ちますね。ところで私は「遺書」を書こうと思ったことは1度もありませんでした。「どうせ死ぬことになっているんだから、今さら遺書など書いても意味がない」とまで当時は思っていました。
ですから私は「遺書」についてよくわかりませんが、兄さん、ああいう場合、ふだん考えていないことまで書いてしまうのではないでしょうか？「日記」と同じで、作家でなくても、一般の方でも、残された人たちが読むことを想定して書いているような気がします。

私は「遺書」など書くのは面倒くさいと思いました。ですから「遺書」に書かれてあることが、その人の本心なのか、よく吟味する必要がありますね。

兄　塚本君の「遺書」を聴くと、自分を一生懸命説得していると思いますね。体制批判は避けなければならなかった。本当は生きたかったんではないかな。

一般的に、「遺書」には勇ましいことが書かれているが、それはなぜか？

1つは、「私は殺されに行きます」などと書いたら、残された遺族の人たちが悲しむから「私はお国のため喜んで死にに行きます」と書くんだよ。

もう1つは、「自分を励ますため」だ。自分で自分を励まさないことには死にに行くことはできない。自分を奮《ふる》い立たせるために「勇ましい文言《もんごん》」になることを理解してほしい。

若い人たちが「遺書」を読む機会があったら、「遺書」を残した人たちのこのような気持ちを理解してやってほしい。「遺書」に書かれた裏側を理解してあげなければならない。

だから、彼らが言えなかったことを私たちはみなさんに伝える義務がある。「戦争の理不尽さ」を仲間たちとともに当時、訴えるべきだったと、私は今でも後悔している。

典型的なエリートだった和田稔

弟　私には、いまだに忘れられない人物がいます。

志願して採用された私たちは、横須賀からいったん東京駅に出て博多行きの急行列車に乗せられましたが、行き先は教えてもらえなかった。

博多で乗り換えて現在のJR九州大村線の小串郷駅に着いたとき初めて私たちの行き先が長崎県川棚町にある「川棚臨時魚雷艇訓練所」とわかりました。

ここで兄さんと劇的な再会を果たすわけですが、博多までの車中同席していた2人の名前を覚えています。その内の1人が和田稔《わだみのる》です。

和田は航海学校の区隊が同じだったので互いに知っていましたが、彼は3千人いた神奈川県横須賀市にある武山学生隊の学生長だった男で、頭の切れる、またよく気がつく人物でした。

その和田が私に「これから俺たちが行くところはグリーンピース？　それとも人間魚雷？　それだけは勘弁《かんべん》してくれよ」とつぶやきました。

列車が彼の家族の住む静岡県沼津駅に着いたとき、下車する女性（ネンネコで赤ちゃんを背負《せお》っていました）に、「〇〇町の和田医院を知っていますか？知っていたら、今、あなたたちの子どもが通過していったとお伝えください」と頼み込んでいました。

ヒゲ面の和田が自分を「子ども」と表現したのがおかしかったのを覚えています。戦後、彼の遺族から聞いたところによると、このメッセージはたしかに家族のもとに届けられたそうです。彼の手記『わだつみのこえ消えることなく』（角川文庫）が物語るように、彼は、家族への情愛がきわめて細やかであり、他人に対して繊細な心くばりをもった人物でした。

１９９３（平成５）年、私がいた立命館大学での国際平和ミュージアム「学徒出陣五〇年」の展示に際し、和田の遺族にお願いして、その手記の原本を出品させてもらったことがあります。

たまたまある集会のために立命館大学に来合わせた彼の一高時代の同級生の井出洋氏《いでひろし》（故人）が「あの繊細な和田が特攻で死んだとはどうしても信じられない」と何度も引き返しては手記に見入っていた姿が忘れられません。井出氏は平和運動家として長く海外で生活されたため、和田の消息を知らなかったらしく、手記との出会いがよほど衝撃的だったようです。

しかし、和田はむしろ繊細な気遣いをする人間だったからこそ特攻隊に行き、内心で勘弁してほしいと願っていた人間魚雷「回天」で死ぬことになり、私はグリーンピース「震洋」で生き残ることになったわけです。

彼は、その後、回天に行ったため兄と知り合うわけですね。私とは、その後、離れ離れになりましたが、どういう機会だったか、彼が出撃して行ったという噂《うわさ》を聞いたことがあります。彼は、この出撃では発進にいたらず生還したようですが、いくら軍機事項といっても人の口に戸は立てられないという諺《ことわざ》どおり、はるかな川棚にまで噂が達していました。

ところで、和田は、妹、弟、の3人きょうだいの長男ですから、私みたいに末っ子と違って、要員募集の際、いったんは外されました。それを熱烈に再度志願して要員に加えられました。

「なぜ、そこまでして」とみなさんは誰しも思うかもしれない。私は、そこに彼のプライドとともに繊細な気遣いを見ています。あの戦況で志願を辞退して「卑怯者」と誰もが思われたくないはず。まして彼は一高を首席で卒業し東京帝国大学法学部に進んだ自他ともに認める秀才であり、いつも先頭に立とうと努力してきた人物だった。

しかし、私は、彼が海軍の上級者から予備学生の代表と見なされていたことへの強い責任感が、彼のプライドを異常に高揚《こうよう》させたように思えてなりません。

彼の一挙手一投足がみんなから注目されていました。そのため、私たち予備学生が卑怯者であるかないか、彼は自らの行動で示そうとしたのではないでしょうか。

職業士官に対する私たち予備学生のプライドなど、現代の若者には理解しがたいことだろう。しかし、当時の私たちは、軍人としての職業的能力を問われれば明らかに彼らより劣るが、教養というときざっぽく聞こえるかもしれませんが、物事を多面的に考えることができるという点では、職業士官より優《まさ》るという密《ひそ》かな自負があったのだ。

しかし、常に戦闘を前提としていっさいが組み立てられている軍隊では、一瞬も猶予《ゆうよ》しない決断と行動が何より優先する。多面的に考えるなどということはそもそも許されない。

和田は、海軍予備学生の代表として、決断と行動でも職業士官に劣るところがないことを身をもって示そうとしたのではないだろうか。

彼自身の行動で予備学生全体が評価されることを予想し、学生全体に対する一種の思いやりと責任のような感情に支配されて、再度の志願という挙に出たのではないでしょうか。和田という男は、今でも印象に残る人物ですね。

和田稔は典型的なエリートで3千人ものリーダーだったから、生きていたら戦後、日本を背負って立つ人間に間違いなくなっていたでしょう。実につまらない事故で亡くなってしまったのが残念で仕方がありません。

和田の無念さを思いやる

兄 和田は私にも永遠に忘れられない男だよ。彼は、1922年1月13日に生まれて1945年7月25日に亡くなっているから23年という短い生涯だった。学年から言うと、私の1つ下、熊の1つ上ということになる。

熊が言うように、彼とは、回天隊の八期で一緒になった同僚の1人だが、私にも特別の思いがある人物だ。

私との関係は、彼が光基地に来てからだ。これから述べようとするエピソードは1945年、つまり終戦の年の春のことだった。もちろん、戦争はまだ盛んに行なわれている最中だ。

ある夕食後、私は、光基地に来て覚えたばかりのタバコを吸いながらダベッていた。相手は、私と向かい合って座っていた遠山巌《とおやまいわお》と近江哲男《おうみてつお》であった。私が2人を相手に放言した。

「世間では大和魂だとか敢闘精神だとか軍人精神なんてギャーギャー言ってる

けど、戦争は結局は物理力と物理力とのぶつかり合いじゃないか。そんな観念なんかで勝てるわけないさ」

前にも述べたように、これは、私のかねてからの持論だったが、めったに口外できることではなかった。私も、そのことは十分に心得ていたので、それまでは、熊以外には誰にも言ったことがなかった。だが他方では、誰かに言ってみたくてしようがない衝動は常にもっていたのだ。「この戦争、日本は勝てないぞ」と言外にほのめかしたつもりだった。

実は、言葉にはしなかったが、もう1つ大事なことがあった。それは天皇制のことだ。既に述べたように、当時まだ天皇制という成語は知らなかったが、天皇を不可侵の頂点とする、当時「国体」と言われていた日本の社会制度、あるいは支配制度、これこそ最悪のものであり、諸悪の根源だと密かに考えるようになっていた。

その考え方は、海軍に入ってその中の不合理を直接体験することにより、ますます固くなっていった。もちろん、それは「危険思想」だということは知っていたので、おくびにも出さないようにしていた。

だが、この制度には大きな弱点があることにも既に気がついていた。この制度はまったくの背理《はいり》（道理・論理に反する）の上にしか、背理の無条件的信仰の上にしか成り立つことができないということである。

だから、理屈に合わぬ精神主義をやっつければ回り回って天皇信仰もやっつけることができるのではないか——そういう密かな考えも言外に含めた。

言いたいことがあるのに外圧のために言えないでいることは、大いに腹ふくるる（不満がたまる）思いがするもんだ。だが、熊以外には言っていないことをとうとう言ってしまった。言ってしまった以上引き下がれない、さらにそれを補強しようと目の前の湯飲み茶碗を指さして付け加えた。

「もしそんなもので戦争に勝てるんだったら、ちょっとその念力で、この茶碗を引っくり返してもらおうじゃないか。そんなこともできないのに、何が大和魂だ！　な、そうだろう？」

たんなる観念などには、なんの物理力もないんだ、という意味だった。

表現はいささか乱暴だったが、意とするところは当たっていないでもないのではないか。私はいささか得意な顔をしていたと思う。さっそく反応したのは近江だった。

「うーん、岩井、なかなか面白いことを言うなあ」

かなり肯定的な響きがあったような気がする。

するとそのときすかさず、八期の先任（他人より先にその任務についている）を務める和田から声がかかったのだ。

「おい、遠山、そんな話をするな！」

和田も少し離れた席から、この話を聞いていたらしい。だが、「そんな話」をしていたのは私で、相槌《あいづち》を打ったのは近江であり、遠山は何も言っていない。私はむっとして何か言い返しそうになったけれど、話の内容が内容なので、こんなことで言い争いになり表沙汰《おもてざた》にでもなったりしたらまずい、という分別《ふんべつ》が働いて我慢することにした。

遠山は「俺は何も言ってないじゃないか」とつぶやいたが、黙り込んだ。やはり私と同じ判断からだろう。そこで、その場はそれで済んで、後を引くことはなかった。私は、もうこんなことを言うのはやめようと思った。

そのことがあってから数日後、山口県周南市《しゅうなんし》大津島《おおづしま》に1隻の魚雷艇を取りに行く必要が生じたというので、和田と私が行くことになった。どうして和田と私なのか、いきさつは覚えていないのだが、あとから考えると、私たちの代表である先任の和田が上からその任務を命じられて、その和田が同行者として私を指名したのではないかと思う。

和田は、そういうことができる立場であった。少なくとも私が直接命ぜられたり、自ら買って出たのではない。それはともかく、大津島には何人か八期の同僚たちがいるので、彼らに会えるのは楽しみだった。

2人は大津島行きの内火艇（内燃機関を搭載した小型の船舶）に便乗して出発した。ところが、その途中で2人が取りに行くことになっていた魚雷艇とすれ違ってしまった。何か連絡の手違いがあったのだろう。2人の任務は空振りになったわけだが、引き返すことはできないので、そのまま大津島に着いてしまった。帰りの便は今日はもうないということで、1泊しなければならなくなった。

私は大津島は初めてだった。翌朝、士官食堂でみんなと一緒に呑気《のんき》な顔をして朝食をとっていた。それも終わりかけた頃、突然、「おい、そこの光から来た2人、ちょっと来い」と声がかかった。声の主は先任将校の帖佐《ちょうさ》大尉だった。「しまった！」と気づいたがもう遅い。和田と私は、食堂の窓際に仁王立ちになって2人を睨《にら》みつけている帖佐大尉の前に立った。帖佐大尉は海兵出で、有名な『貴様と俺とは同期の桜……』という歌を作詞した人物だが、私はこの歌が大っ嫌いで歌ったことがない。

帖佐大尉は私より少しばかり若いはずだが、ともかく上官だ。いきなり数発の拳骨《げんこつ》を2人の頬《ほお》に喰らわせて怒鳴った。

「貴様たち、挨拶もせずに大きな顔をして泊った上、大騒ぎをしてメシを食うとは何ごとだ！　バカモン！」

そしてまた数発殴られた。大きな顔だとか大騒ぎをした覚えはないが、挨拶を忘れて泊ってしまったことは事実だから、癪《しゃく》にさわるが弁解のしようがない。

弟　でも訪問先の仲間たちもいる衆人環視の中での出来事でしたから、兄さんのプライドは大いに傷つけられましたね。

兄　帰途、2人は光基地への内火艇に乗ってからも、帖佐大尉のことが頭を離れず、お互い不機嫌な顔をしたままデッキに立っていた。そんなとき、突然、和田が話しかけてきた。辺りは誰もいなかった。

「おい、岩井、貴様がこの間、遠山たちに話していたことだがな、実は俺もそう思っているんだ」

（この間、私が遠山たちに話していたこと？　近江が相槌を打ったのに、何も話さなかった遠山が和田にたしなめられたあの件のことだな）と私も思い出した。しかし、あのときの和田のやり方が私には気に入らなかったため、私はますます不機嫌になってしまい、素《そ》っ気《け》なく一言「うん、そうか」と応じただけだった。

今考えると、ほんとに自分は愚かだったと悔やむのだが、それから光基地に帰着するまで和田はその話を持ち出さなかった。

だが考えてみると、神奈川県横須賀市にある武山の基礎教育課程でも航海学校でも首席、今も八期の先任を務め、すべてにトップに立っている和田が、私が不用意に放言し、それを彼が差し止めた「不逞《ふてい》」な考えに「俺もそう思う」と同感したのだ。

いつも和田から受けている印象とはかなりかけ離れている。内火艇の上ではそこまで思い及ばなかったが、あとになってだんだんとそのことに気づき始めた。だが、その後、和田は私のあの発言に同感であるような素振りはまったく見せず、いつものとおりの優秀な海軍将校の態度だった。だが彼を見る私の目は少しばかり変わった。

彼が私の発言を、遠山を介してだが、なぜ止めたのか、今は理解できる。あいう話題が仲間の間で不用意に語られるのは、きわめて不穏《ふおんとう》当なのだ。前に「俺は天皇のためには死なないぞ」「当たり前だ、バカ」のところで述べたとおりである。先任としては、それが当然であろう。

その彼が、問題発言者の私に「実は俺もそう思っているんだ」と言ったのはどうしてだろう。なぜ彼はそんなことを言ったのだろう。私はそれには2つのケースが考えられると思っている。

1つは、私の考えに同感だと言った上で「だが岩井、あんなことは口にするもんじゃないぞ」と忠告しようとした。先任としては当然であろう。

もう1つは、表現の粗雑さは別として、私の言わんとした真意を理解し、本当に同感を表明した。だとすると和田はそのことについて、もっと私と話したかったのではないだろうか。「そんな話はするな」と人をたしなめながら、(これは本当のことだ)と内心では思っていた。そして今まで誰にも明かしたことのない心底を、一緒に帖佐大尉に「修正」（鉄拳制裁）された私を相手に、チラリと垣間《かいま》見せたのではないのか。私はあのとき、和田は本当に私に共感を寄せてくれたのだと思っている。

後年、彼の遺稿集『わだつみのこえ消えることなく』（角川文庫）が出たとき、私は真っ先に終戦の年の春の頃の記述を、眼を皿のようにして探した。だが私が遠山や近江を相手にあんな放言をしたことや、和田が遠山をたしなめることによってそういう会話をやめさせたことについても、それらしい記述は見当たらない。

しかし、あえて書かなかったこともあるのではないか。とくに体制批判につながるようなことは書けなかったのではないか。

私が同僚2人を相手に稚拙《ちせつ》ながらも行なった批判は、当時の「必勝の信念」や「国体観」の根底にある一種の精神主義、非合理主義に対するものだったが、当時の支配体制の思想的根拠は、まさにそういうものだった。

彼もそのことに気づいていたからこそ、あえて書かなかったのではないか。「話すより沈黙によってより多くを語る」ということがある。とくに思想や権力によって弾圧され支配されている場合は、言われていることよりも、言われていないことのほうに真実が隠れている場合がある。

和田の遺稿集を前にして、「彼の真実は実はこうだったに違いない」などと決めつけることを私はしたくない。とくに本人は既に鬼籍《きせき》にあって、間違ったことを言われても抗弁できないのだからなおさらである。

だが和田の告白は私たち2人しかいない場所で行なわれ、現在それを語ることができるのは私だけである。物事は両眼で見て初めてその立体像をとらえることができる。和田が船上で言ったことは、遺稿集からは窺《うかが》うことが困難な彼の思想的立場に、もう1つ別の角度から光を照射する事実ではないか。私にはこれを紹介する義務と権利があると思うのだ。

あの遺稿集に書かれていることだけから「忠勇な和田稔像」をつくり上げてよいものだろうか。和田からあの言葉を聞いた私は、もう1つ別の見方をしてみる必要があるのではないかと警告したいのだ。熊も先ほど和田の手記を見た同級生の感想を述べていたね。

弟　私がいた立命館大学の国際ミュージアム「学徒出陣五〇年」で展示された

和田の手記を見て一高時代の同級生が「あの繊細な和田が特攻で死んだとはどうしても信じられない」と何度も引き返しては手記に見入っていた話ですね。井出氏（故人）は手記との出会いがよほどショッキングだったようです。

兄　私もそれはよくわかるような気がする。彼の中には「もう1人の彼」が潜《ひそ》んでいたと思うほかない。それは私の稚拙《ちせつ》な精神主義批判に「同感だ」と言うような彼だ。

和田のあの言葉からすると、おそらく娑婆《しゃば》におけると同じく海軍に入っても常にトップであることを期待された彼は、それに応《こた》えるべく努力したのだが、他方では体制批判的な自分を押さえつけるべく努力しなければならなかったに違いない。

その過程にはおそらく葛藤《かっとう》があったに違いない。その葛藤は、たんに死を運命づけられた誰もが味わわねばならぬ生への未練だけではなかっただろう。それは、性格の上でも思想の上でも、本来の自分と違うものになりきらねばならぬ苦衷《くちゅう》（苦しい心の中）ではなかっただろうか。

和田からあの言葉を聞いた私には、内心でそういう葛藤にもがく彼が見えるような気がするのだ。

あの私の「放言」の際、彼が当の私でもなく相槌を打った近江でもなく、ただ話を聞いていただけの遠山をたしなめるという奇怪なことをやったのも、あのとき私はかえってムクれてしまったのだが、とりあえずその場を収めるにはベストなやり方だったかもしれない。事態はそのとおりになったのだから。

もしあのとき直接私を名指しで「そんな話やめろ！」などと注意されたら、私は反発してしまったかもしれない。彼は早生まれだから学年は1つ下だが、年齢的には2つ下だった。そんな若さでとっさに判断して、意図的にああいう処置を取ったのだとすると、まったく見上げた男だと感心せずにはいられない。

和田は、終戦の3週間前である1945（昭和20）年7月25日、光基地で次の出撃に備える襲撃訓練中に、どうしたことか回天の頭部を海底に突っ込んだらしく、浮上できなくなり、折からの空襲で救助活動もままならず、ついに殉《じゅん》職《しょく》してしまった。23歳という若さだった。

私はあの狭い回天の操縦席に閉じ込められたまま死を待つほかなかった彼の心中を思いやる。今まで生きてきたこの世界への哀惜《あいせき》と、それから口にすることも書くこともできなかった、自らの運命に対する無念さ、私はこれを思いやるのだ。それから彼のせっかくの「告白」にも、ああいう冷淡な態度を取って対話を打ち切ってしまった自分の愚かさが今でも悔しいのだ。

「回天」よりもバカげた「伏龍」

弟　兄さんは和田が亡くなる前に光基地を去っていたんですよね。

兄　そう、和田が亡くなる3か月前の4月のある日、私たちは小さな汽船に乗って大分県の国東《くにさき》半島の南の付け根にある大神《おおが》に向かった。そこに新たな回天基地を建設するということだった。

なぜ4月だったということをはっきり覚えているかというと、有名な戦艦大和が特攻出撃して行くのを光基地で目撃してから間もなくだったからだ。

ところが1週間ばかり経ったある日、思いがけなく私にまたもや転勤命令がきた。新たな任地は広島県南西部にある呉の潜水艦基地隊だった。潜水艦に乗ることになったのだろうか？　私は潜水艦のことはなんの教育・訓練も受けたことはなく、まったく知らない、と不安になった。

しかし、この転勤命令には相棒《あいぼう》が1人いたことがわかり心強かった。彼と話し合ってみた結果、私たち2人は病気という理由で回天隊を出されることになったらしい。実は私は光基地にいた1月にかなりしつこい風邪を引いて医務室で診察を受けたことがあるのだが、中塩《なかしお》軍医大尉に「君は肺結核だ」と診断された。その頃の結核は「死の病」だが、その頃は快方に向かいつつあったし、何か月後には回天で戦死する運命にあると思っていたので、結核と知らされても驚かなかった。

だが、集団生活の中で結核がほかの隊員に伝染するのをおそれての転勤だったのだろう。2020年にパンデミック（世界的な流行病）となった「新型コロナウイルス」と思えばいい。

海軍病院で新たに診察を受けると、「まったく異常なし」ということだった。中塩大尉の見立ては誤診だったのかと思った。しかし、今から20年以上前、私はある病気で手術を受けることになったのだが、事前に行なった検査の結果、

「肺のレントゲン写真に若い頃の肺結核の痕跡《こんせき》が見られる」と指摘された。中塩大尉の診断は正しかったのだ。

「まったく異常なし」ということでまた転勤命令がきた。今度は横須賀の鎮守《ちんじゅ》府《ふ》に行って指示を受けろということだった。

今度の転勤は1人だ。トランクを提げて鎮守府に出頭したら「久里浜の対潜学校に行け」とのことだった。

弟　兄さんが嫌《いや》で嫌で逃げ出したかったところですね（笑）。

兄　そうだよ。あまりいい思い出はない。しかし今度は教育訓練を受ける身分の予備学生ではなく、任務を受けに来た一本立ちの少尉だった。そこで初めて私の本当の行き先がわかった。

「第なんとか突撃隊」という名の部隊で野比《のび》の海岸にあるという。「突撃隊」とか「嵐部隊」というのは特攻部隊に特有の名称であることは既に知っていたので、自分が再び特攻隊に配属されたことがわかった。どんなことをやる特攻なのだろう？　その所在を詳しく教えてもらってから、またトランクを提げて野比に向かった。

「第なんとか突撃隊」という部隊の兵舎はすぐ見つかった。隊長の新田《にった》大尉に着任の申告をした。この部隊は「伏龍《ふくりゅう》」といって、予想される敵の本土上陸作戦に際し、潜水服を着用して上陸地点の海中に潜《ひそ》み、押し寄せる敵の上陸用舟艇などを海中から攻撃する特攻部隊だという。

私は回天隊から来たので特攻部隊だということには驚かなかったが、潜水服を着て海中で戦うという話には驚いた。はたしてそんなことができるのだろうか？

着任してさっそく士官たちの講習が始まった。私たちがこれから着用せねばならぬ潜水服の構造や酸素を使用する理由、鼻で吸って口で吐《は》き出す独特の呼吸法などについての座学《ざがく》で、これはわりに簡単に終わった。

次いで潜水の実習に入った。隊長の新田大尉以下、予備士官の中・小尉十数名が手漕《てこ》ぎの伝馬船《てんません》に乗りこんで沖に漕ぎだし、水深5〜6メートルの適当なところで錨《いかり》を入れ、潜水が始まった。

隊長である新田大尉が腰に命綱をつけ、伝馬船に下ろしてある梯子《はしご》を伝って慎重に水の中に身を沈めていく。ほかの者はとりあえず見学だ。

しかし、新田大尉は失敗して、服はパンパンに膨《ふく》れ上がって海面から飛び出してしまい、仰向《あおむ》けになって手足をバタバタさせ、命綱で引き寄せてもらってやっと伝馬船に辿《たど》り着くという有様だった。

新田大尉ばかりではなく、続いて行なった中尉や少尉たちも失敗しない者は1人としていなかった。こんな奇妙なことは誰1人経験がないのだから当然である。これには階級の上下に関係なく苦労させられた。

ところがみんなと同じく初めての経験なのに、1度も失敗せず見事に沈降と浮上をやった人物が1人いた。それはほかでもない岩井少尉、つまりこの私だよ。

弟　不器用な兄さんにしては珍しいですね（笑）。

兄　海軍に入って以来、対潜学校でも回天隊でも、どんな課題であれ、人に優《すぐ》れた覚えなど1度もなかったのに、どうした加減か、こんな変なことは上手であるらしく、何度やっても1度も失敗しなかった。

弟　「伏龍」での訓練がいかに大変だったかがよくわかりました。ところで、死亡者が何人もいたり、兄さんも事故の犠牲者になりかけたことがあるんですよね。

自分の意見を言えない恐ろしさ

兄　訓練中にあやうく死にそうになったことが2度もある。私の隊では、隊長の私だけが事故に遭《あ》ったが、部下は1人も事故に遭わなかったよ（笑）。

私は、人間魚雷「回天」と人間機雷「伏龍」の両方を体験した稀《け》有《う》な存在だ。いずれも「死を前提とした兵器」だ。

「伏龍」は「回天」よりもさらにバカげた兵器だった。面ガラスを通して見えるのは海底だけだった。それなのに、上を通る敵の船を爆破させろ！　というのだから呆《あき》れ果てた。

このように軍の非合理性に人一倍疑念を抱《いだ》いた。「大和魂」などといって人を騙《だま》して死に追いやるとはけしからん！　と腹が立ったよ。当時、ほとんどの兵士は「日本は負ける」と思っていた。だけど口に出すことができなかった。

長さ3メートルの竹竿《たけざお》の先端には機雷が取りつけられていた。重さ70キロの潜水服を着て、5メートルの海底に沈み、迫りくるアメリカ艇の船底を機雷で突く「自爆攻撃」である。想定された潜水時間は9時間。

しかし「伏龍」には致命的な欠陥があった。背中に重い荷物を背負《せお》っているから倒れたら2度と起き上がれない。すなわち「死」だ。

「これは実際には役に立たないな」ということはすぐわかった。疑問を抱きつつも訓練を受け出撃を待っていた。反論はいっさい許されなかった。みんな口をつぐむしかなかった。こういうことを「繰り返すなよ」と若い人たちに言いたい。

多くの若者が戦争に妥協してしまった。これはやはり「国民の責任」だと思う。だから私たちは2度と「自由にモノが言えない」世の中にしては絶対にいけない。

時の権力に対して口をつぐんでいた。その自責の念は75年経った今も胸に深く刻まれている。「自分の意見を言えないことがどれだけ恐ろしいことなのか」若い人たちは歴史から学んでほしい。

弟　そうですね。今の若い人たちは、「日本はこのままずっと戦争とは無縁だ」と思っているんではないでしょうか。

兄　ともかく伏龍は「不可能な戦術」なんだよ。野比の海岸での訓練における最大の問題は訓練事故、それも死に至る重大な事故が頻発《ひんぱつ》したことだ。「鼻で吸い口で吐く」という呼吸法のまずさによる炭酸ガス中毒は早く処置すれば大したことにはならないが、吸収缶に関わる事故はまず例外なく死をもたらした。こんなことを伏龍の発案者は予想していたのか？

このような犠牲者の数は不明だということだが、数少ない伏龍研究者の門奈《もんな》鷹一郎《たかいちろう》氏は、「七十一嵐部隊だけでも五十名をこす」という見方をしている。ほかの部隊ではどうだったのだろう。そういう記録は敗戦時に行なわれた証拠隠滅《いんめつ》作戦によって廃棄《はいき》されてしまった。

野比でもこういう事故はたびたび起こって、そのたびに近くにあった海軍病院に担架《たんか》で運びこまれたのだ。私の聞いた限りでは例外なく死亡したということだ。私の小隊では幸いにこの種の事故は起こらなかった。

伏龍の潜水服を身につけて海中に入ると、背中に重量物を背負っているので、常に体を前方に傾けていなければならない。ところが前方に傾けると、面ガラスを通して見えるのは前方数メートルの海底だけで上は見えない。無理して目標である頭上数メートルを通過する敵の上陸用舟艇を見ようとするには、体全体をうしろに倒して仰向けに海底に横たわらねばならない。

そうすると、背中に重量物を背負っているので、裏返しにされた亀《かめ》と同じことになり、いくらもがいても自分で立ち上がることはおろか、なんの動作もできなくなる。伏龍作戦の発案者は、実際に服を身につけて自分で海中に潜《もぐ》ってみたのであろうか？　それともこんなことにも気がつかなかったのであろうか？

それでも私たちはなんとか伏龍戦を有効なものにしようと、部下とともに訓練に励んだのだ。だが訓練を重ねるにつれて疑問がますます湧《わ》いてきた。部下の前では言わなかったが、仲間の小・中尉たちの間ではかなり遠慮なく批判した。

「こりゃきっと漫画《まんが》から思いついたんだぜ」

「誰だ、こんなこと考えた奴《やつ》！」

これを聞く隊長の新田大尉も苦笑するだけだったから、やはり同じ思いだったのだろう。新田大尉は兵学校出身ながら変に威張ったりせず、ざっくばらんな好感のもてる職業軍人だった。

以上のことから、伏龍戦などという構想は、元々現実に基づかぬ机上の空論だったと言えるだろう。空論は空論に留《とど》まっているだけなら罪はない。だがそういう空論を実現しようとした結果、実践に至らぬうちに既に多くの犠牲を生みだしている。

当時、戦況が著《いちじる》しく悪化し、飛行機も軍艦も何もかもまともな手段がほとんどなくなってしまった状況下で、なんとか思いつく限りのことをやらざるを得なかったという事情はわからぬでもない。

だが構想そのものが既に国民の命をないがしろにするものであっただけでなく、非現実的な空論に近いお粗末《そまつ》なもの、またその装備もお粗末なために多くの犠牲者を出した。

こういうお粗末な計画に軽々しく国民の命を消耗させていたものはなんだろう。そこには「物はなくとも兵隊の命ならまだたくさんある。上手くゆくかどうかはわからないが、ともかくやらせてみよう」という意図が見える。

その根底には、国民は「国体」つまり天皇のためには「身を鴻毛《こうもう》の軽きに置く」（命は鴻毛より軽し＝身を捧げて潔く死ぬことは少しも惜しくない）ことは当然なのだとする天皇制イデオロギーがあるのだろう。

私がせめてもの慰めとしているのは、私の部下から犠牲者を1人も出さずに済んだことである。それは別に私の手柄ではなく、事故を引き起こすような不良装備がたまたま私の小隊に回ってこなかっただけ、つまり偶然である。もし別の偶然が災いしたら、私の部下の中から若い犠牲者が出たかもしれない。それを防ぐ手立てはなかったのだ。

稲妻のような光と爆音に驚く

弟　兄さんは事故に遭われて入院しましたね。
兄　部下からは幸い出なかったが、私自身が危うく犠牲者の仲間入りをするところだった。入院騒ぎはかなり大げさだったが、回復は順調で10日ほどで退院した。退院したその日の夕方にはさっそく副直将校などを務めたのだから、ずいぶん治りが早かった。

そして翌日の7月下旬、私たち伏龍隊は、汽車で東海道線、山陽本線を乗り継いで、どこだったか忘れたが瀬戸内海のある港から小さな汽船に乗って山口県の情島へ上がった。砂浜から高台になっていてバラックがいくつかあるだけ、兵舎はなくて居住区はテントだった。

そこでは伏龍らしい訓練は何も行なわれなかった。というのは伏龍兵器がないのだ。きっとここは一時的な集結地点で、これからさらにどこかに向けられるのだろうと思った。伏龍としての訓練はできないが、兵隊をただ遊ばせておくわけにはいかないので、毎日、水泳やカッター（手漕ぎのボート）などで体力づくりをしていた。

1945（昭和20）年8月6日、その日は雲ひとつない上天気だった。朝に空襲があり、情島が狙《ねら》われたわけではないが、いちおう対空戦闘の態勢を取った。しかし警報は解除になったので、準士官以上が屋内に入って、その日の日課について打ち合わせをしていた。

隊長の新田大尉が話をしている最中、窓から見える青空が一瞬ピカリと白く光った。まるで稲妻のようだったが、この上天気で稲妻のはずがない。一時話を中断した隊長が、それがなんだかわからぬまま話を続け始めたそのとき、「ドカーン！」という物凄い爆音がした。光も爆音もなんだかわからぬまま打ち合わせは終わった。なんだかわからぬが、とにかくさっきの空襲と関係があるのだろうと見当はついた。

そのうち裏山の見張所から報告がもたらされた。「呉方面に黒煙」というものだった。「きっと火薬庫がやられたんだろう」「呉には海軍の火薬庫はないはずだがな」「陸さん（陸軍）のじゃないか」こんな会話が交わされていた。

その日のうちに呉からもっと正確な情報がもたらされた。やられたのは呉ではなく広島だということ、それから爆弾が通常のものではなく特殊なもので、たった一発で広島は完全に破壊され、死傷者の数は計り知れないということであった。

部隊の中には広島市出身の者がいたので、家族の安否《あんぴ》を知るために数日の休暇を与えて一時帰省させた。私の部下にも1人いて心配そうな顔をして船に乗って行った。

2〜3日して広島に行った者たちが帰ってきた。みんな暗い表情をしていた。

私の部下もそうだった。家族と会えたかどうか部下に訊《たず》ねたが、会うことができずに消息不明のまま帰ってきたという。広島の状態はかなりひどいらしい。

だがどうも彼の様子《ようす》がおかしいのだ。返事がはかばかしくないだけでなく、どこを見ているのか、目つきがおかしく視線が宙に浮いていた。私は「これは上から広島の状態などについて話すのを禁じられているな」と察して、それ以上追求するのをやめた。彼の奇妙な目つきは、地獄を見たからだと、あとでわかった。

8月15日正午、部隊全員が本部前の砂浜に集まり「重大放送」を聴いた。日本は降伏したのだ。負けたが、不思議にそれほど悔しくはなかった。「当たり前だ」という思いがあった。私だって負けたくはなかったのだが、敗戦は必至と考えていたのが、そのとおりになっただけだ。

だが意外なことが1つあった。私たちが生きているうちに、米軍の本土上陸が行なわれる前に、日本が手を挙げたことだ。それは私のまったく予想していなかった展開だった。私は日本の国土は全面的に灰燼《かいじん》に帰《き》し、少なくとも私たち軍籍にある若者はほとんど1人残らず殺されてから敗北するだろう、と考えていた。だから私は日本の敗北の姿を見ることがあるとは思っていなかったのだ。敗北は予想どおりだったが、それは思いもかけず早く、思いもかけぬ形で実現してしまった。そのため私は戦争で死ぬことはなくなったのだ。死ななくてよくなったのだ。それは実に不思議な感覚だった。喜んでいいはずなのに、その喜びが素直に湧《わ》いてこないのだ。死ななくてもよくなったことが信じられないような気がする一方で、それは当たり前のことのような気もしたのだ。

それからの毎日は、下旬に復員(海軍では「解員」と言っていた)するまでやることがないから小隊でカッターを漕ぎ出して付近の小さな島に海上散策をしたり、水泳をしたりして過ごした。それが1年9か月の私の海軍生活の終わりの日々であった。

長崎方面に大きなキノコ雲

弟　1945(昭和20)年7月、大本営海軍部報道班員の赤枝《あかえだ》氏(朝日新聞記

者）が特攻基地取材のためにやって来て私のベッドの隣に泊まりました。彼が京大文学部の先輩という気安さもあって、戦争の行き先などについて率直に意見を交わしました。

彼は各基地視察の見分等も踏まえ、「新聞紙上の全九州要塞化などはウソっぱちであり、日本は負けるほかない」と断言しました。彼は特攻基地に来て私のような質問を受けることは意外としながらも、日本の政府・軍の上層部の無為無能を強く批判しました。彼の話を聞いて、私は結局のところ、いい負けっぷりで和平の機会をつかむために死ぬことになるだろうと観念しました。

私たち震洋隊は米軍の上陸を待つだけでした。そうしているうちに8月9日昼食時に大爆発音がしました。いよいよ艦砲射撃が始まったかと思いましたが、1発だけだ。間もなく付近の山頂にあった見張りから「長崎方面で火山の爆発」という報告を受けた。私は雲仙岳《うんぜんだけ》方面で爆発があったのだろうと思った。

大きなキノコ雲が上がったのを覚えています。数日して初めて特殊爆弾による長崎壊滅の情報が伝わり、そのときにはもう「原子爆弾」という言葉も聞きました。

8月15日、ラジオもないので玉音放送は聴いていません。ただ「作戦緊急信」でポツダム宣言受諾の詔書《しょうしょ》（天皇の言葉を記した公文書）を伝えてきました。

降伏・敗戦の特攻隊には惨《みじ》めな空気が漂っていました。ただ死ぬことだけを決意し、攻撃だけを夢見た者にとって、突然、目標が消えうせたことにほかならない。

特攻隊は早期に解散し、現役でない召集者も復員させるという方針が明らかになってきました。

8月27日、私が大発艇（上陸用舟艇）を指揮して復員帰郷者を熊本水俣《みなまた》の港まで送り届けました。そこからはそれぞれに列車に乗ることになる。

水俣から茂串《もぐし》へ帰る大発には、もう私のほかは操舵手と機関員しか乗っていない。ギラギラと光る夏の太陽の下で、私は涙がとまらなかった。当時の私にとって、敗戦にはやはり屈辱感があった。もちろん、これからの日本の運命、私たちの生活の苦難も予想されました。

何よりもただただ運命の弄《もてあそ》ぶままに、受動的な行動をしてきた自分が情けなかった。

高校で西洋史学者の江口朴郎《えぐちぼくろう》教授（1911〜1989）の西洋史講義に教えられて日中戦争での中国ナショナリズムの勝利と、米英の国力と社会体制の強さに目覚めたはずであり、だからこそ一世を風靡《ふうび》する独善的・非合理主義的な「国史」に反発して、納得できる日本史を研究しようと大学に進学した自分でした。

しかし、他方で自分は「国民」であり、私たちが直面している「歴史的現実」を回避できないのではないかという京大の田辺元《たなべはじめ》先生（1885〜1962）の哲学にもとらわれてきました。

特攻隊に来ても「自分だけは天皇のために死ぬのではない。国民のために、自分とつながった運命をともにする人たちのために死ぬのだ」と自分に言い聞かせてきました。

しかし、結局、江口朴郎の歴史学と田辺元の哲学の間に、定まらぬ腰を置いていたのが自分だったのではないだろうか。

私には海軍での仕事がまだ1つ残っていました。一〇六震洋隊員だけではなく、天草《あまくさ》にまだ残っていた防空隊員たちを復員させるために川棚まで大発艇を指揮しなければならない。

みんなを無事送り届けて、私も川棚から佐世保へ回って復員者で満杯の列車に乗り込みました。途中で車窓から見た広島の惨憺《さんたん》とした有り様には思わず息の止まるような衝撃を受けました。一見しただけで、それまで見聞した戦争の様相とはまったく違っていました。

私はどこにも寄らずに京都へ直行し、大学に寄って復学の手続きをしました。

「傍観者」にも「責任」がある

兄　私が出撃する前に、原爆が広島と長崎に落とされ、終戦となった。

私は、終戦後、新潟に嫁いでいた3番目の美智子《みちこ》姉さんのところへ身を寄せていた。そこへ死んだはずの熊が訪ねてきたのにはビックリ！　熊が生きていた！　当時は間違った通達が届いたりして戦死したはずの人間が無事戻って来たということは珍しくなかったが、それにしても、あのときの驚きと喜びは例えようがない。

誰でも、あの戦争の体験は苦いものだ。私にとってもそうなのだが、それはたんに軍隊に入って辛《つら》い思いをしたから、ひどい目に遭《あ》ったからというだけではない。私はこれまで述べたような経緯で海軍に入り、戦争の、つまり人殺しの訓練を積まされたのだが、実際に人を殺すことはしなくてすんだ。だが自ら望んで特攻隊などに入り、自らの命を捨ててまで敵を殺す覚悟をしたし、与えられた部下にも同じことをさせるべく訓練したりした。

あの戦争の目的を肯定し、天皇のためなら命を惜《お》しまないという立場であるならそれも当然と言えるかもしれない。だが、既に述べたように、私はこの戦争は不正義の戦争であることを、幼稚《ようち》ながらも気づいていたのに、である。しかも日本がこの戦争に乗り出した根底には「天皇制」があることにまで気づいていたのに、である。

私は、どこかで間違ったのだ。

今の若い人は「そこまでわかっていたのに、なぜあなたは徴兵を拒否しないで従順に軍隊に入ったりしたのだ、なぜ戦争に反対しなかったのだ?」と問いかけるだろう。そして非難するだろう。それは確かにもっともだと思う。当然の問いかけだし、当然の非難だ。だがその問いかけ、その非難には「時代に対する無理解」があるのではないだろうか。

あの時代、私たちの年代の者が物心つく前に、すでに思想・言論が厳しく取り締まられていた。軍隊や警察、それだけではなく世間一般さえもが、天皇に「不忠」と見なされる行動や考え方や言論を許さなかったのだ。「大日本帝国憲法」には、日本の主権者は国民ではなく天皇であり、国民は「臣民」つまり天皇に仕える家来とされていた。

反逆的な人物は、その本人が「特高警察」により「治安維持法」等の弾圧法規違反で検挙され拷問され牢獄につながれるだけでなく、その家族や親類縁者までが世間から白眼視され、村八分に遭う、そういう世の中だったのだ。実際、当時、天皇制に反対し、侵略戦争に反対したのは国民のごく一部の先覚者たち、共産党員だったが、彼らは根こそぎ刑務所に入れられていた。

だから、ある人が「自分はこの戦争には反対だから徴兵には応じません」などと言ったとすれば、それは世の中全体を敵に回すのと同意語で、死ぬことよりも難しいことだったのだ。そんなわけで、徴兵に応じたことを非難するのはあまりにも酷《こく》ではないか。

私自身の場合を考えてみると、「満州事変」（1931年9月18日～1933年5月31日）から始まるこの戦争は、日本の中国やその他のアジアの国々に対する侵略戦争であって日本には大義（人として守り行なわなければならない道）はない、米英に対する戦争には敗北しかない、自分たちの未来には死しかない、という、ないものづくしの極端に絶望的な展望をもっていた。

にもかかわらず、それに抵抗するなどということは、ついぞ思いつきもしなかった。徴兵延期が停止され、軍に召集されることは、嫌だけど避《さ》けられない運命で従うほかない道筋と受け取っていた。自分はこんなことは嫌だし、ほかの連中も大部分は嫌だと思っているだろうが、やはりみんな大勢には従おうとしている。自分1人だけが大勢に背《そむ》いても、それを止めることはできまい。やらざるを得ない。やろう――。

抵抗不可能の大勢だから従う――理屈に合っている。それ以外にどんなことが可能だっただろうか？　だが、一見理屈に合っているように見えるこの立場には根本的な矛盾があることに、当時は気がつかなかった。それはそういう大勢に従うことによって、自分がその大勢をつくる1人になったしまったことである。

そして、自分だけでなく、同じようなほかの人たちを、その大勢に巻き込む手伝いをしてしまったということである。気に入らぬ大勢を自分で支えておきながら、その大勢を理由にこれに従う――ここには勇気の欠如と自己欺瞞《ぎまん》があったと思う。

たしかにあの戦争は私がつくり出したものではない。だから私には「戦争犯罪」はないと思う。戦争犯罪人は決定を下した天皇をはじめとする当時の権力者たちである。

だが私にもやはりわずかなりとも「戦争責任」はあったと思わざるを得ないのだ。私たちが物心ついた頃には既に抵抗不可能な大勢が出来上がっていた。だからそういう大勢をつくった責任はないはずだ。あの大勢に従ってしまったことに現実的な責任があるとまでは思えない。

だが、先に述べたような意味では、確かに責任があったと思わざるを得ないのだ。その責任は道義的なものである。この道義的責任は私に義務を課している。現在と将来に対してである。それは、そういう大勢をつくろうとするいっさいの試みに対して、決して「傍観者」にならないという「義務」である。

米軍から「自殺攻撃」とからかわれた「特攻隊」

弟　２００１（平成13）年9月12日のテレビでニューヨーク世界貿易センタービルに対する2機のジェット機によるテロ攻撃を見て、思わず戦前の神風特別攻撃隊の米空母に対する体当たり攻撃を連想した人たちは少なくなかったのではないだろうか。

米国は日本軍の特別攻撃をsuicide bomb（自殺攻撃）と呼びました。「今日もバカどもが来た。こんなところまで自殺に来るとは」とアメリカ人は笑っていたことでしょう。

操縦者が必ず死ななければならない兵器などというものは、およそあらゆる軍事常識から逸脱し「統率の外道《げどう》」とされてきました。したがって古今東西、そのような兵器は存在しなかった。

しかし、初期の神風特攻隊員の使命は理不尽きわまるものでした。第一航空艦隊の先任参謀と二〇一航空隊の副長が相談して、二〇一航空隊に着任して間もない関行男《せきゆきお》大尉（１９２１～１９４４）に白羽の矢を立てた。関は「敷島隊」を指揮した武功として知られていた。

そんな関の肩を両人が抱くようにして状況を説明し、涙ぐみながら「引き受けてもらえないか」と頼んだ。

関は目をつむってしばらく考えこんだ上で承諾したという。当時の青年士官でこのような頼まれ方をしたら「嫌！」とは言えるものではなかった。

しかし、関は報道班員に対して、次のように語っている。

「日本の終わりだよ。僕のような優秀なパイロットを殺すなんて。僕なら体当たりせずとも、敵空母の飛行甲板に５００キロ爆弾を命中させて還る自信がある。……僕は天皇陛下のためとか、日本帝国のためとかで行くんじゃない。最愛のＫＡ（海軍隠語で家内）のために行くんだ。命令のためとあればやむを得ない。KAがアメ公に何をされるかわからん。僕は彼女を守るために死ぬんだ」

兄　感動した報道班員の記事は書き直しを命じられ、特攻賛美の美辞麗句《びじれいく》の記事となって発表されたんだよね。

関は1944年10月25日、フィリピンレイテ湾で亡くなった。23歳の若さだった。惜しいことをしたもんだ。

敵前逃亡した冨永恭次中将は東条英機の腹心

弟　関が送られたのはフィリピンにいた第四航空軍で、その司令官は冨永恭次《とみながきょうじ》中将（1892～1960）です。内閣総理大臣まで務めたあの東条英機大将（1884～1948）の腹心です。

冨永中将は歩兵科出身で航空畑の経験がまったくなく、主に中央の官衙《かんが》（官庁）で勤務してきた人物です。

現地で「歩兵連隊長」と陰口されたこの司令官は、東条首相兼陸相兼参謀総長の退陣後に、後任の杉山元《すぎやまはじめ》陸相（1880〜1945）によって中央から遠ざけるために、その地位につけられたといわれています。

フィリッピン陸軍航空隊の特攻攻撃は、この冨永中将の歩兵式白兵《はくへい》突撃（刀剣などの武器を用いた戦闘）の精神で推進されたのだから、部下はたまったものではない。

しかも冨永中将はいつも特攻機の出撃する飛行場に現われては「最後の一機にはこの冨永が乗って体当たりする決心である」と訓示し、激励したそうです。

兄　だが冨永は、フィリッピン航空戦の終末期に大本営に一方的な電報を送っておいて台湾に遁走《とんそう》したんだろう。

そして冨永は、1960（昭和35）年1月14日、東京都世田谷区の自宅で心臓衰弱のため68歳で亡くなっている。特攻機で飛び立った兵士たちがあまりにも不憫《ふびん》だ。

死者に対する責任

弟　兄さんと私の特攻隊体験には、共通性と同時に違いもあります。体験者がそれぞれに独立した人格であり、その体験が、1か月を除いて、それぞれ別の場所で行なわれたのだから当然です。

しかし、その体験から2人が学んだことには、強烈な一致点があります。それは、特攻体験を通じて出来上がった「戦争拒否への信念」です。そのような信念にしたがって戦後社会に生きながら2人とも平和運動に賛同し、ときにその一翼《いちよく》を担《にな》うことも辞さなかった。だが特攻体験などということは、あえて社会にアピールすることはしなかった。そのような体験はなんとなく己の愚かさをさらけだすだけの話であり、できれば触れたくなかった。

しかし、そのような2人の思いを突き崩すような社会・政治の動向が明らかに兆《きざ》し始めたとき、その体験を語ってほしいという各方面からの要請があり、それに応えてポツリポツリと語ったり、書いたりしてきました。

そして、私たち２人は、かつて戦友だった特攻隊員の死を哀惜する情において人後に落ちないつもりです。彼らの残した手記や遺書に接して厳粛《げんしゅく》な気分を禁じ得ません。同じような体験を共有した２人は、最後の進発（出発）に直面したならば、同じようなあるいは似たような文章を残したかもしれないという思いに駆《か》られることも事実です。したがって彼らの文章の背後にあった苦悩も理解できるつもりです。

しかし２人が今、75年前のその場所に留《とど》まっているとしたら、戦後の長い時間をなんの進歩もないまま怠惰《たいだ》な思想的営みをしてきたことになるだろう。そのとき、私たち２人は死者に対する責任を応分に取りたいと思わざるを得ません。

かつて日本戦没学生記念会が『きけわだつみのこえ』を刊行した１９４９（昭和24）年、フランス文学者で東大教授だった渡辺一夫《わたなべかずお》氏（１９０１〜１９７５）がその序文にジャン・タルジュー（フランスの現代詩人。レジスタンスに参加。１９０４〜１９９５）の短詩を紹介したことを思い出さずにはおれない。渡辺氏の訳をそのまま挙げておきます（新版『きけわだつみのこえ』

岩波文庫)。

死んだ人々は、還《かえ》ってこない以上、
生き残った人々は、何が判《わか》ればいい?

死んだ人々には、慨《なげ》く術《すべ》もない以上、
生き残った人々は、誰のこと、何を、慨《なげ》いたらいい?

死んだ人々は、もはや黙ってはいられぬ以上、
生き残った人々は沈黙を守るべきなのか?

「備えあれば憂いあり」

兄 イギリスの絵本作家デイビッド・マッキーの『なぜ戦争をするのか?　六

にんの男たち』（偕成社）は、サブタイトルにもあるように「人はなぜ戦争をするのか」のテーマに挑《いど》んだ本だそうだ。

「あるとき、偶然放たれた矢を敵からの攻撃だと勘違いし、戦争が勃発《ぼっぱつ》する。最終的には敵味方それぞれ6人の男たちが生き残り、彼らは平和な土地を求めて旅立つ」

アメリカのトランプ大統領が、イランのスレイマニ司令官を空爆により暗殺した。トランプは「わが国の人間を事前に救った」などと自慢気に語っているが、本当の理由は明かしていない。

イランは、米軍に過剰に反応したため、ウクライナ旅客機を誤爆、なんの罪もない176人が犠牲になった。まさしく「備えあれば憂いあり」だね。

弟　戦争はひとたび始まってしまえば歯止めがききません。日本は特攻隊をつくり、米国は核兵器を使いました。「備えあれば憂いなし」とは私たちが子どもの頃から呆《あき》れるほど聞かされた言葉です。

だが備えがあったからこそ日本は一五年戦争（1931年から1945年における満州事変、日中戦争、太平洋戦争のこと）という暴挙に走ったのではないだろうか。

ロンドン海軍軍縮条約から脱退して1936（昭和11）年から無条約状態になり、日本は自由に建艦できることになりました。世界最大最強の戦艦武蔵・大和は、この建艦計画から生まれました。

しかし、末期の海軍では、「無用の長物」「世界三大馬鹿」（ピラミッド、万里の長城、武蔵・大和）という自嘲《じちょう》が流行しました。

このように強大な軍事力とそれを自由に使いこなせる軍国主義の体制は、まさに「備え」であったが、それは「憂い」を創り出す根元になっただけです。

日本国憲法は第九条にはっきりと「戦争の放棄」「戦力の不保持」を定めている。この憲法こそが、戦後75年もの間、近代世界史の中で国家という怪物の歯止めとしての役割を果たしてきました。

それを無視して日本が「備えあれば憂いなし」を唱えるのであれば、米軍に敵対する勢力などから日本が攻撃される危険性は大いにあります。

日本の同盟国アメリカの軍事行動は、過去の例からも、いちいち日本に相談して行なわれるわけではありません。米軍は独自に行動し、目下の同盟軍である自衛隊は米軍に振り回されることになります。

「戦争責任」は誰にあるのか

兄　戦後、私は東京、熊は京都で離れていたこともあり、戦時中のことについて語り合うということはなかった。同じ海軍にいたから、お互いどんな環境にいたか想像つきますから。

その後、私はロシア語、ドイツ語、英語の語学力を活かして貿易会社に勤めたあと翻訳《ほんやく》の仕事に従事することになった。

弟　私は京大に戻ってから日本近代史の研究をすることになりました。「なぜ日本はあのように無謀《むぼう》な戦争を犯してしまったのか、納得のいくまで掘り下げてみたい」というわけです。

各新聞社はむかしから毎年「朝日年鑑」などという出版物を出しています。それにはたとえば各国の鉄の生産量○○トン、と出ています。戦時中、日本はアメリカの20分の1しかなかった。「鉄ひとつ比べてもこんなに力の差があるのに、どうして日本は大国アメリカに戦争を挑んだのか?」そのあたりを日本の歴史の中から明らかにしていきたいと思いました。そういうところから私の戦後の日本近代史研究が始まったわけです。

私たちは戦争体験を決して忘れてはいけません。夏目漱石《なつめそうせき》(1867~1916)の「一番弟子」とも言われた物理学者の寺田寅彦《てらだとらひこ》(1878~1935)が唱えた「天災は忘れた頃にやってくる」ではありませんが、忘れた頃にまた戦争が繰り返されます。そんな愚かなことをさせないために、私はこれまで10数冊の本を書き、各地で講演もやっているわけです。

私は現在、滋賀県の琵琶湖湖畔《びわここはん》にある老人ホームで暮らしていて、もうすぐ98歳になりますが、体が続く限り乞われればどこへでも出かけて私の体験をこれからの人たちのために語り続けていく覚悟です。

兄「アウシュビッツは急に空から降ってきたものではない。憲法を守り、人権を守り、少数者の権利を守れば、悪に勝てる」と2020年1月、アウシュビッツ強制収容所が解放されて75年の式典で、93歳の元収容者が演説された。

ただし、「権力を握る政府の行動に無関心になれば、アウシュビッツは空から降ってくる」と警鐘《けいしょう》を鳴らされた。

まったくそのとおりで、私たち1人ひとりが政治にもっと関心をもたなければいけない。そして、もう少し、若者たちも歴史を学んでほしい。

同盟国であるアメリカと日本が戦争をしていたことすら知らない若い人たちが増えている。わずか70数年前のことなのに、はるか忘却《ぼうきゃく》の彼方《かなた》に追いやられている。

かつてどんな戦争が行なわれたのか、そして君たちの祖先がどんな悲惨な思いをしたか、戦争を体験した私たちが伝えていく義務があるね。

そして、「この戦争は間違っている」ということが戦時中わかっていながら私は「沈黙」していた。「死ぬ覚悟でなぜ戦争に反対しなかったのか」今でも悔やまれる。

人間、大きな流れの中で生きていくほうが楽なものだから、どうしても戦時中の雰囲気に迎合してしまった。これからの若い人たちは、いかなる時代になろうとも、「いけないことはいけない！」とハッキリ意見を言える人間になってほしい。私みたいな人間になってはいけないよ、と言いたい。

弟　私は日本の歴史を研究して今日に至っており、先人の悪口を言うわけではありませんが、少なくてもあの戦争は間違っていた。それを今後2度と繰り返さないために私たちはどうしたらいいのか？　とくにこれからの若い人たちがどう考えるかによって未来が変わってくる。変えることができるんです。

そのためには歴史を学んでほしい。ただたんに過去にあったことが歴史なのではなく、過去にあったことを未来にどう活かしていくかが大事なんですね。若い人たちはぜひ歴史を学んで未来を築いていってほしい。

兄　日本はこれまでたくさんの戦争をしてきた。日清戦争、日露戦争、日中戦争、太平洋戦争など。

でもよその国から攻められてやった戦争は1つもない。すべて日本から攻めていった「侵略戦争」をやってきた。よそから攻められてやむなくやった戦争ではなく、日本側から相手国に攻め込んでいったということを覚えておいてほしい。

日本は帝国主義だったということをしっかり踏まえておいてほしい。わが国の利益や領土拡大のために相手国に攻め込んだ帝国主義だったということを忘れないでほしい。

また戦争に反対もせず加担した私たちや、大本営発表の虚偽《きょぎ》の戦果発表に熱狂した国民にも大いに責任がある。

弟　軍隊は天皇の命令1つで動く。軍隊は天皇の統帥権《とうすいけん》の下にあったこと。最高の地位にいた天皇に責任がないということは言えないはず。私たちが仕方なく戦争に行ったのは天皇の命令があったからです。そうでなかったら誰が命を捨ててまで戦争に行くもんですか。

だから戦争を始めるときも終わりにするときも天皇の命令でやったわけです。もし戦争に勝っていたなら軍の司令官などは戦後、男爵《だんしゃく》か子爵《ししゃく》か知らないけれど華族《かぞく》になっていたでしょうね。私みたいな下っ端は関係ないですけどね（笑）。

私の航海学校の同期に前出の田英夫《でんひでお》（1923〜2009）がいた。彼はジャーナリストとして鳴らし、その後、参議院議員になった男ですので、年輩の方なら知っているでしょう。

彼の祖父は田健治郎《でんけんじろう》（1855〜1930）で官僚から政治家になり、たしか男爵だったと思う。その田君が戦後書いたものを読むと「自分は天皇陛下のために死ぬんだ」と思っていたようだ。「おまえらは皇室の藩屏《はんぺい》（王家を守護するもの）であると育ったわけだから、天皇陛下のために死ぬことはいいことなんだ」という教育を受けてきたそうだから、田君が当時そう思ったのも仕方ないでしょう。私たちは小学校の「修身教育」でそのような教えを受けたかもしれないが、田君は華族出身ですからそのような教育を受けたんでしょう。

兄 ところで、私が「憲法を守ろう」ということで街頭に立っていたとき、抗議して来た若者がいたが、今の日本を見ていると、「戦争ができる国」に歩もうとしているのではないかと大いに心配している。

弟 戦争のために命を無駄にした若者たちが多くいたという無念がいまだにありますね。戦争は絶対許せません。私は戦争の無意味さをこれからも伝えていきます。

安倍政権が「東京高検の検事長の定年を延ばした」というニュースがありました。政権に近いこの人物を検察トップに据《す》える腹積もりだったでしょうが、こんなことがまかり通るようになったら検察の危機どころか民主主義の危機ですよ。
カジノ汚職や公職選挙法違反など、自民党議員に対して検察のメスが入る事件が相次いでいる中で、政権が「公平・中立」であるべき検察庁トップの人事まで口を出すということは、これまでになかったことです。

兄 何か後ろめたいことでもあるんだろう。検察ということで思い出すのは、ウクライナの作家であるゴーゴリ（1809～1852）の喜劇『検察官』だよな。

「ロシアのとある地方都市に首都ペテルブルグから監査の役人がやって来るという知らせが入った。市長たち町の実権を握っている連中たちはさあ大変。町を訪れた男を検察官だと思い、自分たちの腐敗を調べられたら牢獄に入れられてしまう、と必死になってもてなした。ところが、あとで本物の検察官が現れ市長たちは真っ青になる」

という痛快な話だが、今の政治を見ていると心配で仕方がないな。

1人ひとりが政治に関心をもつ

弟　今の安倍政権は憲法9条をなんとかして変えようとしていますが、憲法を改正して、それが軍備に使われるようなことだけは絶対許してはなりません。

兄　アメリカのトランプ大統領のように世界各地でトラブルを起こすような人物と日本がつきあうと、アメリカと一緒になって戦争する危険性がある。こうした姿勢を日本が示していると、世界各国からの信頼性を失うことにもなる。

また戦争は負けた側の被害者だけではなく勝った側の精神的ダメージなど、お互いに大きな被害を被《こうむ》ることになる。

だから戦争は、どんなことがあっても、2度と繰り返してはならない。若い自衛隊員を戦場に巻き込むような憲法改正には絶対反対だ！

弟　「森友問題」や「桜を見る会」をはじめ、政権に近しいとされた東京高検検事長の定年延長などのように、政権の都合や保身のために原理原則が捻《ね》じ曲げられることを許してはいけません。

「そんな小さなことに目くじらを立てるより、もっと大事な問題がたくさんあるじゃないか」と思われるかもしれませんが、こうした小さな事柄の積み重ねが将来、私たちの権利を脅《おびや》かすことになることは、兄さんも私もこれまで痛いほど経験しているからです。

兄 日本がアメリカと親しくしているものだから、戦前、日本がアメリカと戦争をしていたことを知らない若者たちがいる。

だからこそ、戦争体験者である私たちは、これからの若い人たちに、戦争とはどういうものか、伝えておかなければいけない義務がある。

検察官定年延長の問題は、法曹界や芸能人、そして何百万という一般の方々が声を上げたため、安倍政権は今国会での成立を見送ったね。

このように、私たち1人ひとりが政治に厳しい目をもち続けなければならない。権力者が国政を私物化することを絶対許してはならない。

そして私たちが勝ち取った民主主義は「権力者を縛《しば》る」ことができるのだ。そのことを私たちは決して忘れてはならない。

おわりに……「なぜ、日本は愚かな戦争をしたのか？」伝えていく

「学徒出陣」は、２０２１年開催予定のオリンピックのため新国立競技場の建設が進む神宮外苑から始まりました。当時は「徴兵制」があって、20歳以上の男性すべてに「兵役の義務」がありましたが、大学生は「将来、国の人材」ということで27歳まで兵役が猶予《ゆうよ》されていました。

しかし、戦争が悪化するにつれて兵士が不足してきたため、20歳以上の学生が兵役免除を解かれ、卒業を早めたり、文系の学生はそのままの身分で兵役に服することになりました。兄は慶応大学在学中、１９４３（昭和18）年10月21日、大雨の中、神宮外苑で開催された「出陣学徒壮行会」（学徒出陣）に参加しました。ペンから慣れない銃に持ち替えた学生たちに「天皇陛下万歳！」と訓示したのは、ときの総理大臣である東条英機です。

こうして私も京都大在学中、１９４３年12月、兄と同じく神奈川県にあった武山《たけやま》海兵団に入団しました。その後、兄と同じく、米軍から「自殺兵器」とからかわれた「特攻隊」を志願し、私は特攻兵器「震洋《しんよう》」と出会います。

１９４５（昭和20）年３月22日、第三九震洋隊の艇隊長として、米軍の上陸を阻止するため沖縄の石垣島に向かう途中、米軍の潜水艦に攻撃され轟沈《ごうちん》。寒い東シナ海に放り出され、３時間も漂流したあと、奇跡的に助かりました。

終戦後、私は塾の講師をしながら京都大学に復学、「こんな戦争は間違っている。日本はなぜ戦争をしたんだ？　戦争の無意味さを後世に伝えなければならない。そのために生涯を懸《か》けて戦争の真実を突き止めていく」と誓った私は近代史の研究に打ち込みました。

これからも体が続く限り、ご要望があれば、どこへでも出かけて「戦争の愚かさ」を伝えていく覚悟です。

２０２０年５月

元特攻隊震洋《しんよう》隊員　元海軍少尉　岩井忠熊（97歳）

［著者紹介］

岩井忠正（いわい・ただまさ）

1920年熊本市生まれ。慶応義塾大学在学中に学徒出陣。特攻兵器「回天」と「伏龍」の2つの稀有な体験者。復員後、商社員を経て翻訳業。
著書に『特攻　自殺兵器となった学徒兵兄弟の証言』（忠熊氏と共著、新日本出版社）。

岩井忠熊（いわい・ただくま）

1922年熊本市生まれ。京都帝国大学在学中に学徒出陣。特攻兵器「震洋」を体験。復員後、立命館大学教授・文学部長・副学長などを歴任。
主な著書に『近代天皇制のイデオロギー』『陸軍・秘密情報機関の男』『「靖国」と日本の戦争』『特攻　自殺兵器となった学徒兵兄弟の証言』（新日本出版社）、『天皇制と歴史学』『学徒出陣』『大陸侵略は避け難い道だったのか』（かもがわ出版）、『明治国家主義思想史研究』（青木書店）、『西園寺公望』（岩波新書）他多数。

100歳・98歳の兄弟が語る

特攻 最後の証言

二〇二〇年八月二〇日　初版印刷
二〇二〇年八月三〇日　初版発行

著　者　岩井忠正・岩井忠熊

発行者　山下隆夫

発行　株式会社　ザ・ブック
東京都新宿区若宮町二九　若宮ハウス二〇三
電話（〇三）三二六六－〇二六三

発　売　株式会社　河出書房新社
東京都渋谷区千駄ヶ谷二－三二－二
電話（〇三）三四〇四－一二〇一（営業）
http://www.kawade.co.jp/

印刷・製本　株式会社　公栄社

落丁・乱丁本はお取り替えいたします

ISBN 978-4-309-92209-6 C0095